スイッチを押すとき

山田悠介

角川文庫
15386

目　次

プロローグ

いつもと変わらぬ日曜日。

そのはずだった。

それは真冬の出来事だった。外から聞こえる強い風。空き缶の転がる音。玄関にかかっている表札が、カタカタと扉を叩(たた)く。

正午を少し回った頃、突然、二階建ての古いアパートの一室から、ただならぬ悲鳴が上がった……。

所々に飛び散った血の痕(あと)。男の右手に握られている包丁の先から、ドロッとした赤い液がポタポタと床に垂れる。すぐ傍には、首や心臓をめった刺しにされた三人の男たち。一人は目を剝(む)き、舌をダラリと出している。残りの二人はうつ伏せになって倒れている。

三人とも、ピクリとも動かない。

包丁を手に、立ちつくしている男の後ろには、口をパクパクと動かしている女と、泣きじゃくる子供が一人。

男は、震えながら振り返る。そして、青ざめた表情を浮かべ、二人にこう呟いた。

俺は……。

男は、刃先を自らに向け、激しく動く心臓に突き刺した。身体に包丁が刺さったまま、男は床に崩れ落ちる。

玄関先の、無惨な光景。

四つの死体を、呆然と見つめる女。

子供の泣き叫ぶ声が、延々と響いていた……。

カウント4

真っ暗闇の一室には、男女合わせて二十人の子供たちが膝を抱えて座っていた。お互いの顔は見えない。ただ四隅に、大人の影が確認できる。なぜここに連れてこられたのか理解できない子供たちは、それぞれ不安な声を上げる。次第にざわめきが大きくなっていく。

帰りたい。どこからか女の子がそう叫ぶと、正面のワイドスクリーンが光を放った。

画面には、青いジャージを着た一人の男の子が映し出される。その途端、部屋は静まり返る。

狭い一室に敷かれた布団の上にポツンと座ったまま、男の子はただ壁を見ている。

子供たちは、状況を全く把握できない。なぜこのようなモノを見せられているのか……。

スピーカーから、扉が開く音がする。男の子は反応し振り返る。現れたのは、警備員のような恰好をした男。男の子が何かを尋ねる前に、男はこう告げた。

『先ほど、君のお父さんとお母さんが自宅で首を吊って死んだ』

男の子の目がギョッと見開かれる。

『え？』

『残念だな』

感情のこもらない台詞を残し、男はその場から去った。

バタンと強く扉が閉められた。

『開けて！　ここ開けて！』

扉を叩きながらそう叫ぶが、何の変化もない。男の子は諦め、布団の上にガクリと倒れた。

再び、男の子は独りぼっちになる。

シクシクと、スピーカーから泣き声が聞こえてくる。お父さん、お母さんと呟きながら男の子は延々と涙をこぼす。

すると何かを思い立ったかのように、突然立ち上がった。そして、部屋の隅に置かれている小さな机の引き出しを開ける。男の子は、あるモノを手に取った。

長い間、それを見つめる。

迷いと恐れが入り交じった表情。

男の子の親指が、微かに動いた。

その瞬間だった。男の子は、膝からガクリと落ちていった……。

1

二〇三〇年、十一月十六日。

日に日に気温は下がっていたが、この日の寒さは異常だった。街中の人々が身を縮め、白い息を吐きながら歩く。冷たい風が吹く度、顔全体に痛みが走った。

追い打ちをかけるかのように、薄暗い空からポツリポツリと冷たい滴が降ってきた。鞄(かばん)から折りたたみ傘を出す者、頭に手を置いて走り出す者、大人は慌てた動作を見せる。嬉(うれ)しそうにしているのは黄色い帽子を被(かぶ)った子供だけだった。十歳くらいだろうか。両手を広げ、クルクルと回っている。その姿を眺めても、明るい気分になることはなかった。むしろその逆だった。見ているのが辛(つら)くなり、その子から視線を逸(そ)らした。前方には十階建ての白いビルが、待ちかまえていた。

東京都新宿区にある、The Youth Suicide Control Project（青少年自殺抑制プロジェクト＝通称YSC）を取り仕切る第一本部の建物の前で、南洋平(みなみようへい)は足を止めた。次第に強くなる雨。前髪から、滴が鼻に落ちる。スーツも濡(ぬ)れていく。なのに、一歩が踏み出せない。

『明日の朝八時、私の所へ来なさい』

昨日、本部長に呼び出された。今年で五十近くだろうか。白髪交じりのオールバック。光のない濁った瞳で冷笑を浮かべる堺信秀の顔が脳裏にちらつく。

今度はどのような命令が下されるのだろうか。

入り口手前に立っている警備員と目が合い、ようやく歩き出した。緊張の面もちで、洋平は建物の中に足を踏み入れた。

受付の女性に用件を告げ、指紋、声紋、網膜のチェックを受けると、「本部長室にどうぞ」と指示された。エレベーターを呼び、洋平は十階のボタンを強く押した。

最上階に着き、ゆっくりと扉が開く。エレベーターから降りた洋平は、赤い絨毯の上を静かに進んでいく。そして、本部長室と書かれた大きな木の扉の前で一つ息を吐き、監視カメラを見上げた。

「入りなさい」

低い声が聞こえると、洋平は扉を開いた。

「失礼します」

深く頭を下げ、小さな声で挨拶すると、黒いスーツ姿の堺は言った。

「待っていたよ」

二十畳以上ある部屋の隅には洋平が見ても分かる高価な壺が飾られており、そのすぐ近くにはゴルフセット。壁には色鮮やかな絵画がかけられている。カーテンは全て閉められていた。外のビルから覗かれるのを防ぐように。

洋平は早々に用件を尋ねた。

「今日は、どのような」

言葉の途中で堺は遮る。

「そんな所にいないで、こっちへきなさい」

洋平は床を見つめたまま、「はい」と返事した。

パソコンやさまざまな書類が置かれた茶色い木の机の前まで歩み寄っても、洋平は堺の目が見られなかった。

「どうだ？ 仕事の調子は」

洋平はその質問に答えられなかった。堺はあえて訊いたのだ。なぜなら……。

「一昨日、最後の一人がスイッチを押したそうじゃないか」

胸に、グサリと突き刺さる。脳裏に、子供たちの無気力な表情が浮かぶ。

収容されてから十一ヶ月。とうとう十人目の子がスイッチを押し、命を絶った。その子はノイローゼ気味だった。身体中に引っ掻いた痕があり、頭にはほとんど髪の毛は残っていなかった。全く何もない環境でただ一人。所長の話によると、ボーッとしながら何の躊躇いもなくスイッチを押したそうだ。

現在、八王子の施設に子供はいない。だからといって何かが変わる訳ではない。二ヶ月後、また新たな被験者が入ってくる。

「今日ここへ呼んだのは他でもない」

我に返った洋平は堺を一瞥する。

「君には、八王子から横浜へ移ってもらうことにした」

その意外な言葉に、洋平の眉がピクリと反応する。

「それは、なぜでしょうか」

「別に特別な理由はない。今の施設に子供がいなくなったからだよ」

ふと、机の上の書類が洋平の目に入った。そこには、多くの名前が並んでいた。全て被験者である。

「いいね？」

書類から目を離した洋平は、

「……はい」

と小さく頷いた。

「横浜には現在、高宮真沙美、新庄亮太、小暮君明、池田了の、四名の子供がいる。しっかりと頼むよ」

洋平は大きく息を吐き、長い間を置いた。

「……分かりました」

言葉とは逆の気持ちを抱いていても、洋平は、そう返事をするしかなかった。

「下がっていいよ」

堺に一礼し、洋平は部屋を後にした。

数分後、白衣の男が本部長室に現れた。

「失礼します」

「どうした」

男は、堺の前まで歩み、口を開いた。

「本年度第三期の十八歳未満自殺者数がまとまりました」

堺はゴルフクラブを磨いている。

「ほう。それで？」

「プロジェクト施行当時と比べて、六八％の減少となりました」

堺は上唇をつり上げ、フッと笑った。

「私はね、それどころではないのだよ」

二〇〇七年。若年齢層の自殺者は跡を絶たず、特にインターネットで呼びかける集団自殺がさらにその増加に拍車をかけた。ただでさえ少子化にともなう国民の税金負担が増える中、早急な対応を求められたのは自然な流れだった。翌、二〇〇八年。人権保護団体からの猛烈な抗議を受けながらも、遂に政府は通称YSCと呼ばれる青少年自殺抑制プロジェクトを立ち上げた。その内容は、青少年の深層心理解明のため、全国から無作為に選出された子供を高ストレス環境に置き、その精神構造を解明するというもの。

政府は無差別に選んだ子供に、五歳で心臓の手術を受けさせる。勿論、その時は本人は知らない。病気を治すためだと嘘をつく。知るのは親のみ。政府から令状が届いたその瞬間、我が子が五年後に奪われることが決定する。しかし命令には逆らえない。逃げることもできない。五年間、監視がつく。逆らえば強制収容され、政府が指示する業務を二十年間行うことになる。例えば新薬開発のための人体実験や、紛争地区への強制派遣などがある。最悪、処刑だ。理由はさまざまだが、現実何人もの犠牲者が出ている。

守らなければならないことがもう一つある。それは、実験台に選ばれたという事実を子供に黙っていなければならないということ。死ぬと分かっている我が子と、普段通りの生活を送らなければならない。そして五年後、その子供は突然親と引き離され、全国に点在するセンターへ連れていかれる。そこで初めて、灰色の四角い箱の形をした機械を渡される。真ん中には赤いスイッチ。簡単に押せないように透明のプラスチックが被せられている。

そう、このスイッチが、子供たちの命。押すと、心臓が停止するよう作られている。痛みもなく、一瞬で。実験が始まる五年前の心臓の手術は、特殊な電子機器を取り付けるためのものである。このスイッチのついた機械以外、電子機器は操作できない。そして一度心臓に装着したら、二度と外すことはできないように作られている。

スイッチを渡した直後、子供たちにあるビデオを見せる。命のスイッチが嘘ではないという、過去の記録映像だ。十歳になる子供に十分理解させ、実験がスタートされる。

子供たちは一人ひとり、まるで独房のような部屋で眠ることとなる。七時に朝食。三十分後にドクターチェックを受ける。万が一、何らかの重い病気にかかった場合、告知する。それを知ってスイッチを押すかどうかが、実験の対象になるからだ。家族が死んだ場合も同様だ。ドクターチェックは午前中をかけて脳波や血流速度など詳細な検査を行い、その膨大なデータは蓄積され、心理学の専門医に送られる。これらの実験データによって、若年層の自殺者数が年々減ってきたのは事実であった。

昼食後、午後一時になると子供たちは、机とイス以外には全く何もないロビールーム、通称L室と呼ばれる大きな部屋に連れていかれる。そこは唯一子供たちの交流が許される場。そこで半日、過ごさせる。机の上にはノートと鉛筆。心境や日記を書かせるためだ。

外に出ることも許されるが、勿論敷地内だけ。当然、遊具などは一切ない。監視役もつく。そんな息苦しい環境の中で生活させるのだ。

午後六時、子供たちをダイニングルームに移動させ、三十分後に夕食を摂らせる。そして夜の九時、再び個室へ連れていく。それが毎日、繰り返される。家族や友達との面会は禁止。手紙すら許されない。完全な孤独。そんな日々に耐えきれず、子供たちは次々とスイッチを押していく。この実験が始まって以来、全国で数多くの子供たちが犠牲となっていた……。

2

十一月二十三日。辞令を言い渡されてから早くも一週間が経過した。

午前五時、目覚ましが鳴る前に、洋平は目覚めていた。嫌な夢を見たからだ。多くの子供たちが次々とスイッチを押し、死んでいった。現実、幾度もその場面を目の当たりにしてきた。また、そんな日々が続くのか。今日から、新たな施設に勤務するのだ。

スーツに着替えた洋平は、姿見の前に立ち、ボーッと自分を見つめた。

一七一センチ、五二キロ。かなりの痩(や)せ形。髪の毛は薄い眉毛にかかる程度の長さ。目は二重で、小さめの鼻と口。幼い命を奪う国のプロジェクトには憤りを感じている。それなのに現在、施設の監視役を務めている。

今年でもう二十七になる。この仕事について早くも二年。その間に分かったことは、自分の無力さだけだった。

内ポケットから色あせた写真を取りだし、しばらくのあいだ見つめて、再びしまった。

『君には、八王子から横浜へ移ってもらうことにした』

堺の言葉が脳裏に響く。

この国の未来はどうなるのだ。いつまでこんなことを続けるつもりなのだという怒りを胸に、洋平はアパートのドアを開けた。外はまだ薄暗かった。

最寄り駅である町田から電車に乗り、人込みに揉まれながら横浜駅で下車し、無人運転バスに乗り換えた。

満員の車内。洋平の側には、女子高生が三人いる。楽しそうに会話している。友達のことや昨日のテレビの内容。

話し声は聞こえてくるが、何も考えないことにした。洋平はずっと、窓からの景色を眺めていた。

バスに揺られること三十分。車内に残っていたのは、洋平ただ一人だった。風景もガラリと変わった。オフィスビルや飲食店は消え、周りには林や畑ばかり。八王子にある施設の周辺もこんな感じだった。ふと、十日ほど前にスイッチを押した子供の顔が浮かんできた。洋平は、ギュッと拳を握りしめた。

車内に、次は終点というアナウンスが流れた。バスが停まる前に、洋平は立ち上がっていた。

プシューという音を立てながらドアが開いた。終点で降りる客は珍しいのか、いや、施設の人間しか降りないのかもしれない。車内を監視するカメラがずっとこちらを見ていた。

走り去るバスを見送り、洋平は携帯電話に映るナビを片手に歩き出した。バス停から施設はすぐ近くのようだった。

自然に囲まれた道を進むこと五分、コンクリートの建物が視界に飛び込んできた。

あそこに間違いない。周りに何もない場所にポツリと建っているアレが収容施設だ。あの中で、監視員生活が始まろうとしている。

洋平は、敷地手前の門で立ち止まった。

『YSC横浜センター』

閑散とした広いグラウンドの先に、灰色一色の三階建ての施設がある。外壁は高く、逃げられないようにバラ線が張られてある。裸眼で見ることは不可能な、逃亡を知らせる赤外線センサーも張り巡らされているに違いない。まるで刑務所と同じだった。国の実験のために、この中に罪もない子供たちが入れられている。

突風が吹き荒れた。グラウンドから砂埃が舞う。じっと灰色の建物を見据えていた洋平は、とうとう敷地内に足を踏み入れた。

指紋、声紋、網膜チェックを受けると鉄の扉が開き、施設内に入ることができる。壁や天井もコンクリート打ちっぱなしなので中は異常に寒く、暖房が効いていないようだった。

この冷えた施設内で、子供たちは眠っている。

少し前に進むと、監視員の名前が書かれた靴箱が並んでいた。洋平の場所はまだ用意されていないようだった。仕方ないので空いている靴箱に革靴を入れ、ゴム底のシューズに履き替えた。時刻は六時四〇分。洋平はまず、所長室へと向かった。

廊下を歩きながら、階段を探す。一階にはクッキングルームやモニタールームやトイレ、そして午後一時から子供たちが過ごすL室があった。八王子とほぼ同じである。ということは、子供たちの個室は地下か。おそらくはそうだろう。

明かりのついていない薄暗い階段を一段一段上がっていき、三階に到着した洋平は、一直線の廊下を進んでいく。そして突き当たりにある所長室で足を止めた。監視カメラを見上げると、

「どうぞ」

とすぐに声が返ってきた。

「失礼します」

洋平は部屋の中に入り、頭を下げた。男はイスから立ち上がり、こちらに近づいてきた。

「南君だね？」

そう訊かれ、洋平は小さく頷く。

「はい」

「待っていたよ。所長の佃だ。今日からよろしく」

「よろしくお願いします」

警備員のような恰好をしている佃。これが監視員の制服である。八王子にいた時、洋平も同じ物を着ていた。

佃の年は、四十近くか。彼の体型は、洋平とまるっきり逆だった。短身で小太り。小さな目に垂れた頬が特徴で、犬にたとえるとブルドッグだ。

「今日から働いてもらうことになるが、一日の流れは分かっているね？」

「はい。大丈夫です」

「それで君、本部長からはどこまで話を聞いているのかね？」

佃の言っている意味がよく理解できなかった。

「どういうことでしょうか？」

聞き返すと、佃は納得したように頷き、

「ここはちょっと特別でね……まあ自分の目で確かめるといい」

特別？　堺は何も言っていなかった。施設内の人数だけしか聞いていないが。ここは、一体……。

洋平は、先ほどの台詞が妙に気になっていた。佃は内線を入れ、他の監視員を所長室に呼びだした。

間もなく、四人の男たちが部屋の中に入ってきた。皆、恰好が同じ。佃と違うのは、帽子を被(かぶ)っているということ。

佃の手が、洋平の肩に置かれた。

「今日からここで働く南洋平君だ。この前まで八王子施設にいたそうだ。年はいくつだったかな？」

洋平は佃に目を向けて答えた。

「二十七です」

「じゃあ一番年下か。辛(つら)い仕事だとは思うが、頼むよ」

「……はい」

次に、四人の自己紹介が始まった。左から、森田四郎(もりたしろう)、武並剛(たけなみつよし)、泰守人(やすもりと)、坂本孝平(さかもとこうへい)。人数が少ないので、名字だけは全て覚えた。

「この他に二人いるんだが、夜勤で今はいない。あとで紹介しよう」

「はい」

「それと、しばらく南君には日勤で出てもらう。年が一番近い坂本と行動してくれ」

右端に立っている坂本が顔を上げた。背は洋平と同じくらいか。姿勢が悪く、常に猫背状態。細い眉毛(まゆげ)につり上がった目。首の辺りまで伸びた赤色の長髪が特徴だ。こんな今風の監視員は初めてだった。部屋に入ってきた時から一番印象が強かった。彼と目が合い、洋平は軽く頭を下げた。

「いいな？　坂本」

すると彼は、小刻みに首を動かし、

「はいはい」

と軽く返事をした。同時に、七時の合図が施設内に鳴り響いた。洋平の身体が固くなる。

もうじき、子供たちと対面する……。

3

所長室から出た洋平は、黙って坂本の後ろをついていく。彼はポケットに手を突っ込みながら階段を下りていく。

「南君だったっけか？」

前を向きながら、坂本が声をかけてきた。

「なにか」

「アンタ、どうしてここに異動になったわけ？」

その質問に洋平は少し迷い、こう答えた。

「僕のいた施設の子供が、いなくなったからだと……」

「ふ～ん。そっか。そういうことか」

「ええ」

「で、どうしてこの仕事をやってるわけ？」

洋平は、返答に困る。

「ちょっと……」

「そうか。俺は金のためだ。給料がいいからな、この仕事は」

「僕も、そんなところです」

「アンタ趣味は？」

随分と唐突だなと洋平は思う。

「いや、特に……」

すると坂本は、ダメだなと首を傾げた。

「こんな仕事してたら気分が暗くなるだろ？　趣味の一つでも持ってないと、気が滅入っちまうぜ」

そして帽子を脱いだ坂本は頭を掻（か）きながら、こう言った。

「ここは前にいた施設とは違うぜぇ」

その言葉に洋平はピクッと反応する。どういう意味ですか？　と訊こうとしたが、坂本はその間を与えてくれなかった。

「まあとにかくよろしくな。これから朝食を配りにいく。制服に着替えるのはその後でいいだろ？」

「は、はい」

この施設は何が違うのだ。段々と不安が芽生えてきた。

一階に到着した二人は、クッキングルームへと向かった。食事を作っているのは中年の女性二人だった。無言で作業している。窓口にはすでに四つのトレイが並んでいた。この日の献立は、ご飯、焼き魚、卵焼き、そしてみそ汁だ。朝は大体、和食になる。ここで子供たちの朝食を受け取り、地下へと運ぶのだ。洋平と坂本は、二つずつトレイを持った。

「さあ行こうぜ」

「はい」

二人は一階の階段を下りていった。もうじき、この中に閉じ込められている四人の被験者に会う。洋平は、緊張を隠せなかった。

天井の明かりがやけに眩しい。地下は、さらに寒かった。コンクリートの空間に、シューズのゴム底がキュッキュッと鳴る音が響く。向かって左側に、一定の間隔で白い扉がいくつもある。このどこかに、子供たちが入れられている。

一番手前の部屋で、坂本が立ち止まった。プレートには、一番、高宮真沙美と書かれてある。

「一人目だ」

そう言って坂本は、ドアノブの下についている液晶画面に暗証番号を入力した。

「いいか？　5536な」

そしてカードを差し込み扉を開いた。中には、誰もいない。中央に、畳まれた布団が置いてある。

クリーム色の壁。リノリウムの床。六畳ほどある部屋には扉がもう一つ。中はトイレだ。死角になっていて見えないが、隅には机があるはずだ。その引き出しに、恐らくスイッチが。

「朝食だ」

坂本が声をかけると、イスを引く音が聞こえてきた。その瞬間、洋平は息を呑(の)んだ。

「どうも」

と言って食事を受け取ったのは、赤いジャージを着た十五、六歳くらいのかわいらしい女の子だった。

ここは……。

一五〇センチくらいと背は小さく、ろくに食べていないせいかほっそりとしている。おかっぱ頭と大きな目が特徴だ。洋平と目が合った彼女の瞳(ひとみ)が、大きく開いた。

「行こう」

話は後だ、と言わんばかりに扉を閉めた坂本は次の部屋に歩を進めた。洋平の返事が遅れた。

「は、はい」

驚きが声に出てしまっていた。

二番、新庄亮太。

「朝食だ」

坂本が扉を開くと、一番の部屋と同じようにイスの音がした。またもや、洋平は意外な顔をした。青いジャージを着ている男の子は、先ほどの彼女と同い年くらいだった。一七〇センチくらいあるだろうか。やはりガリガリに痩せている。癖のある髪の毛は目の辺りまで伸びていて、オオカミのような鋭い眼差しが特徴だった。新庄は無言で朝食を受け取ると、自ら扉を閉めた。後ろに立つ洋平に気が付いたようだったが、何の反応も見せなかった。

洋平の驚いた顔を見て、坂本はフッと笑った。

「行くぞ」

三番、小暮君明。

まさかこの子も……。

中には、小柄な男の子が足を伸ばして布団の上に座っていた。やはりそうである。前の二人よりは幼く見えるが、明らかに小学生ではない。洋平の表情は固まってしまっていた。ストレートの髪の毛は全て右に流れていて、広い額が見え隠れする。点のような小さな目と、優しそうな口元が特徴で、女の子のような顔立ちをしている。気になるのは、部屋の隅に置いてある車椅子。

まさか、足が不自由なのか？

小暮は、黙って自分の足を指差した。

部屋の中に入った坂本は、彼の太股(ふともも)の上にトレイを置いた。

何も言わずに坂本は扉を閉めた。

「この子は歩けないんだ」

それも気になったが、他に訊きたいことがある。坂本は、

「最後の一人だ」

と言って、そそくさと行ってしまった。

四番、池田了。何となく予測はついていた。

「朝食だ」

扉の前に、彼は立っていた。四人の中で一番背が高い。体型はみんなとほぼ同じ。ペタッと寝ている短めの髪。つり上がり気味の目、真ん丸の鼻、そして尖(とが)った口。狐のような顔立ちだ。やはり彼も、十五、六歳か。

洋平は池田と目が合った。視線を逸らしたのは彼の方だった。下を向きながらトレイを受け取り、自分で扉を閉めた。

「これで全部だ」

洋平は、四つの扉に視線を向けた。

「どうだ？　驚いただろ」

池田の部屋の前で、坂本は言った。ニヤリと笑みを浮かべている。

声を出すのがやっとだった。

「……はい」

「ここにいる四人は今年で十七歳。もう七年間もいるってわけだ」

「……七年間」

「最初は十五人いたんだが、二年目には四人になってたよ。何でこうもスイッチを押さないのかねえ。俺には耐えられない。理解できないね」

四人の顔が、浮かんでくる。

「こんな長く一緒にいるだろ？　ただの仲間意識だけで押さないのかもな」

坂本の言葉など、聞こえていなかった。

「おい！　ボーッとすんなよ！　まあ啞然とするのも無理もないがな」

坂本の手が、スッと肩に置かれた。

「さっきも言ったがここは特別な施設だ。国の連中も注目してる。それがいろいろとめんどくさくて、この四人も扱いにくいけど、あまり深く考えずにやっていこうや。な？」

洋平は、小さな声を絞り出した。

「はい」

七年間……。

彼らは、ずっとここで。

ただ、四人の目は決して死んでいなかった。死しか、残ってないのに。

4

一人ひとりの姿が頭から離れない。洋平は、施設の巡回のあいだ中、ずっと複雑な気持ちを抱いていた。

時計の針が一時を回ると、レストルームで昼食を終えて食器を片づけていた洋平は、坂本から声をかけられた。

「おい南。行くぞ」

ドクターチェックを終えた四人は、一階のL室に移される。午後一時になったので、すでに中にいるだろう。洋平たちはそこで彼らの様子や行動をチェックする。

「分かりました」

レストルームを後にした二人は、L室へと移動する。

「なかなか似合うじゃないか」

洋平は、その言葉で陰鬱になる。

「そうでしょうか」

坂本に聞こえないくらい小さな声で、そう呟いた。

俯きながら廊下を歩いていると、いつしか部屋の前に到着していた。L室の作りは、学校の教室とほぼ同じ。扉も、木の床も、中の広さも。黒板や教壇がないだけだ。

「何て顔してるんだよ。もっとシャキッとしろ。さあ入るぞ」

坂本にそう注意され、洋平はハッとして背筋を伸ばす。

扉が開かれた途端、息苦しい空気を感じた。何人もの子供たちが死んだ場所だからだろう。

イスに座っている四人の顔が一斉にこちらに向いた。机の位置は、前に新庄と池田。その後ろに高宮と小暮。

新庄と池田はすぐに目を逸らした。洋平は、視線を下げながら部屋の後ろの右隅に移動した。坂本は前の左隅に立つ。

壁は一面真っ白。天井の四隅には小型カメラが設置されている。薄緑のカーテンは束ねられ、窓から景色が見える。一階なので、見えるのは何もないグラウンドだけだが。
洋平が部屋に入ってから五分。静寂の時が流れていた。洋平は、しばらく顔を上げられなかった。ふと、彼らに視線を向ける。後ろ姿だけしか見えないが、新庄亮太は頬杖をついている。池田了は両手をポケットに突っ込み、ダラリと座っている。車椅子の小暮君明は、ノートに何かを書いている。手の動きからして、絵だろうか？　どんな内容なのかは分からない。

　そして、最後に高宮真沙美……。

　ずっとずっとこちらを見ていた。目が合った瞬間、彼女は微笑み声をかけてきた。

「さっき会ったよね。今日からでしょ！　そうだよね？」

　その言葉に洋平は戸惑う。

　施設に閉じこめられているというのに、何だこの明るさは？　部屋の雰囲気がガラリと変わる。坂本を一瞥するが、彼は知らん振りだ。

「ねえ、そうでしょ？」

　無視することはできず、

「ああ」

　と頷いた。

「名前は？」

「え？」

高宮は眉を顰めて、困った顔をした。

「名前。耳悪いの？」

洋平は苦笑いを浮かべて答えた。

「南、洋平」

「いい名前だね。私は真沙美。よろしくね」

「……よろしく」

「元気ないなあ」

施設の子供から、そんなことを言われるとは思ってもみなかった。一瞬だけではあるが、施設にいることを忘れた。その証拠に、

「そ、そうか？」

と洋平は笑みを浮かべていた。

「南だから、これからはナンちゃんって呼ぶね」

そんな呼ばれ方をされたのは初めてだ。

「ナンちゃん、いくつ？」

「二十七」

「そうなんだ～もっと若く見えるね」

「……そうかな」

「うん！」

とても、七年間この中にいたとは思えない。普通だったら他の三人のように……。

洋平と高宮真沙美だけが、まるで違う世界にいるようだった。洋平は、遠慮がちではあったが。

「ナンちゃんは、神奈川県に住んでるの？」

その時だった。

「いい加減にしろ！」

突然、怒鳴り声が部屋中に響いた。一気に空気が重くなる。全員の目が、新庄に向けられた。彼がこちらに吠(ほ)えたのだ。

「なによ亮太」

高宮は口を尖(とが)らせ文句を言う。

「うるせえ。喋(しゃべ)りすぎなんだよ」

自分が言われているようにも聞こえ、洋平は俯く。

「いいじゃん別に。なに怒ってんの？」

「別に」

新庄はふてくされた顔をして、前に向き直った。

「ごめんねナンちゃん。アイツ機嫌悪いみたい」

彼をあまり刺激するな、と思う。

「いや……」

また怒鳴られるのが嫌だったのか、高宮は席を立ち、鉛筆で絵を描いている小暮のもとに歩み寄った。

「君明くんどう？ 今日の調子は」

すると小暮は、コクリと頷き、再び手を動かした。聞こえるのは、高宮の嬉しそうな声だけだった。

この日、彼女とはもう会話はしなかった。午後三時になると、高宮は小暮の車椅子を押して外に出ていった。後についたのは坂本だった。新庄と池田はずっと部屋にいた。多少の会話はあったが、すぐに途切れてしまう。長い時間、重苦しい空気が部屋中を支配していた。

二人の後ろ姿と、空いた二つの席を見つめていた洋平。ただただ彼らのことが気になっていた。

5

午後六時、坂本と共に、彼らが夕食を摂る地下のダイニングルームに移動させ、この日の勤務は終了した。部屋から出る際、高宮がこちらに、じゃあね、と口だけを動かした。どうしたらいいのか分からず、洋平は小さく手を上げて応えた。

初日ということで、洋平は所長室に呼ばれた。

「失礼します」

書類の溜まった机の前に座っていた佃は、ペンを置いて、顔を上げた。

「南君」

佃の疲れた表情が綻ぶ。洋平は一礼して、目の前にまで歩んだ。

「どうだ？　一日終えて。疲れたかい？」

「いや、それは全然……それよりも」

言いたいことは分かる、というように佃は腕を組んで何度も頷いた。

「驚いただろう？　あの四人には」

「ええ……まあ」

「七年も彼らを見ることになるとはね。当時は考えてもいなかったよ。こんな経験、初めてだ……しかし」

佃の口調が、鋭く変わる。洋平は、ふと視線を上げた。

「私たちはただの監視員だ。余計なことは考えなくていい。国から与えられた仕事をすればいい。それだけだ」

しばらく、洋平と佃は目を合わす。洋平は顔を下げて、

「はい」

と返事した。佃の表情が穏やかになる。

「私の話は以上だ」

「失礼します」

「あ、そうそう」

佃は洋平を呼び止めた。

「本部長から君に渡してくれと頼まれたものがある。これだ」

そう言って、佃は小さな封筒を取りだした。それを受け取った洋平は佃に頭を下げて部屋を出た。扉を閉めるまで、彼の視線を感じた。

三階から階段を下り、二階へ。そのまま一階へ行こうとして、洋平は足を止めた。本部長からの封筒が気になる。開封すると、カードキーと紙切れが一枚。そこには、

『子供たちのことを調べてみてはどうかな。君には知る権利がある』

と書かれていた。

確かに四人の事がずっと頭から離れない。ちょうど洋平の目に、資料室という文字が飛び込んできた。誰もいないことを確認し、部屋へと進んだ。

カードキーでドアを開け、真っ暗闇の室内に明かりをつける。部屋一面、ガラス戸のついた書棚で埋め尽くされていた。棚の中には、年代別に被験者の情報と過去のノートが保管されている。洋平は室内を見渡し、

「七年前……」

と呟き歩き出す。年数が表示されているので、探すのは容易だった。

二〇二三年。

「これだ」

洋平はガラス戸を開け、まずは適当に一冊取った。

『細入裕・男』

二〇二三年、四月一日収容。身長一四〇センチ。体重四〇キロ。血液型B。出生地、茨城県。通告地、東京都豊島区。時間、午後三時四〇分。

この子が突然、国の者に連れ去られる映像が浮かんできた。悲しみに満ちた両親。

ノートを開く。一ページ目には、震えた字でこう書かれてあった。

『怖い助けてお父さんお母さん。ここから出たいよ。僕は死んじゃうの』

その文字を見て、洋平は心を痛めた。他には、こう記されてあった。

『ビデオに映っていた子のように、スイッチを押したら僕は死ぬんだ』

ページをめくる。書かれてあるのは両親と友達のことばかり。施設の子供については書

かれていない。それどころではなかったのだろう。数ページ後に、精神障害が出始めた。真っ白の紙を真っ黒に染めていたり、鉛筆で何度も何度も叩いてある跡があったり、紙がビリビリに破かれてあったり。

その後のページに文字は一つもなかった。ノートの最後に、一枚の用紙が挟まれてある。二〇二三年、六月一日、午後九時一九分、死亡。とだけある。このノートを見ると、精神障害によるものが原因、と上層部にデータは送られているのではないだろうか。原因がハッキリしない場合、実験は失敗となり、その子の死は無駄となる。

『小田小百合・女』

二〇二三年、四月一日収容。身長一三四センチ。体重三五キロ。血液型O。出生地、神奈川県。通告地、神奈川県秦野市。時間、午前一一時二三分。

ノートの一ページ目には、最初の子とほぼ同じことが記されていた。

『誰か助けて。お父さんお母さんお姉ちゃん。寂しいよ』

ページをめくっていく毎に、悲惨な生活だというのが分かる。

『何もない。パソコンもゲームもマンガも。閉じこめられているだけ。ここから出たい』

当たり前だが、書かれてあるのは苦しみばかり。しかし、最期にこの子はこう書き残してある。

『すぐに生まれ変われるから、死んだって大丈夫』

二〇二三年、四月二十五日。

収容されてから約一ヶ月。まるで、次の人生を楽しみにしているような書き方である。このような具体的な意志が記してあると、国は喜ぶ。実験は成功である。

洋平は、次々とノートを手にする。

『三鷹伸吾・男』

最初はみな、書かれてあることはほぼ同じ。日が経つにつれ、内容が変わってくる。

『こんなところ、絶対に脱出する。逃げ出してやる』

日に日にストレスが溜まっていたのだろう。この子は次のページからぐちゃぐちゃにしている。最期の最期に、冷静な文字が残されていた。

『今日、正哉がスイッチを押した』

二〇二三年、七月二日、死亡。仲が良かった子がいたのだろう。その子が死んだから、自分もと思ったのだろう。

『荻窪温子・女』

この子の最期はこうだった。

『大好きだったおばあちゃんが、死んじゃった。ゴメンねお父さんお母さん』

監視員から知らされたのだろう。このような理由が明確な結果も、国は喜ぶのだ。

『永川明菜・女』

この子も、病んでいたのだろう。

『恨んでやる。絶対許さない』

洋平は、ノートから目を逸らした。自分がそう言われているようで、怖くなったのだ。

『池田了・男』

その名前に、洋平はハッとなり、しばらくページをめくる手を止めた。彼の顔が頭に浮かぶ。

二〇二三年、四月一日収容。身長一五五センチ。体重四二キロ。血液型B。出生地、東京都。通告地、神奈川県綾瀬市。時間、午後二時一二分。

一日目は、こう書かれてあった。

『何で俺がこんな場所にこなきゃいけないんだ。今すぐ出してくれ。絶対に嫌だ』

自分のおかれている状況を少しずつ理解してきたのだろうか。五日後にはこう書かれている。

『野球がやりたい。みんな元気かな。ずっと会えないなんて嫌だ』

そして翌日の記録に、洋平は衝撃を受ける。

『同じ日に遥も連れてかれたなんて嘘だ。どうして遥まで』

遥？　友達だろうか。それとも親戚？　池田はその後、彼女についてしか書いていない。

『ここから平塚って遠いのか』

収容された遥って子は、平塚に。

『遥はどうしてるだろう』

めくってもめくってもそればかり。違うことが書かれてあったのは、二年目の四月九日だった。

『とうとう四人になっちまった。俺は絶対にスイッチを押さない』

それから、ずっと白紙である。少しずつ成長していくなかで、自分の気持ちを誰にも読まれたくないという思いが芽生えたのだろう。その遥って子についても書かれていないのだ。

『小暮君明・男』

車椅子の彼だ。

二〇二三年、四月一日収容。身長一二五センチ。体重三〇キロ。血液型A。出生地、埼玉県。通告地、埼玉県越谷(こしがや)市。時間、午後二時一一分。

ノートを開いた瞬間、洋平は思わず、

「あ」

と声を出していた。初日から、鉛筆で絵を描いている。大人の男性と女性。シンプルではあるが、なかなか上手(うま)く表現している。もしかして、両親だろうか？　次のページには、風景画。自分の家だろうか。大きな一戸建て。レンガで造られているということは分かる。

鉛筆なので、その他の細かい所までは描ききれないようだ。

次も、その次も、小暮のノートには絵ばかりであった。

どうしてだ。こんな場所に閉じこめられているというのに、何も思わないのか？　家族に会いたいとは感じないのか。どういう環境で育ってきたのだろうか……。

彼の記録は勿論、一冊ではおさまらない。分厚いノートが六冊もあった。内容は全て絵。一文字も書かれていない。

複雑な思いを抱きながら、洋平は次の人物に注目する。

『新庄亮太・男』

突然、怒鳴り声をあげた子だ。

二〇二三年、四月一日収容。身長一五六センチ。体重四三キロ。血液型O。出生地、神奈川県。通告地、神奈川県座間市。時間、午前一〇時五五分。

彼が自分の気持ちを書いたのは、最初の一ページ目だけだった。

『こんなところに閉じこめやがって。スイッチなんか絶対押さねえ。母ちゃん、圭吾、すぐ会えるからな。心配するなよ』

彼は自分の弱みを他人に見せたくない性格なのだろう。不安や恐怖は一切書かれていない。それどころか……。

圭吾というのは弟か？　施設に入れられたというのに、自分よりも、家族のことを心配しているようだ。しかし、監視員にこれを読まれると分かったからだろうか、後は真っ白だ。七年間、手をつけていない。

『高宮真沙美・女』

彼女が一番印象深い。被験者とは思えないあの笑顔。明るさ。果たして心の中は……。

二〇二三年、四月一日収容。身長一三二センチ。体重二九キロ。血液型B。出生地、静岡県。通告地、静岡県静岡市。時間、午前一一時三四分。

初日、彼女は意外にも冷静だった。

『こんな所から早く出たい』

ページをめくる。

『今日、隣の席の子に話しかけた。名前は絵美(えみ)ちゃん。ずっと泣いていた。かわいそうだった』

他の子と違うのは、自分のその時の思いではなく、一日の出来事を書いていることだった。

『少しずつ友達が増えていっている。ほとんど会話してくれないけど』

『監視員の人、全然話を聞いてくれない。つまらない』

『絵を描いている子と仲良くなった。その子の名前は君明くん。君明くんは喋(しゃべ)ってくれなかった』

不安はないのだろうか？　数ページ後の内容を読んで、そう思った。

『今日、初めてスイッチを押した子がいた。私は目の前で見ていた。押したらすぐに倒れて、死んでしまった。かわいそうだった』

怖くは、なかったのだろうか。

『夢を見た。本当のお母さんと一緒に行ったあの海の夢。またお母さんは泣いていた』

「本当のお母さん……」

と呟いたその時だった。部屋に突然、人が入ってきた。ノートを手に持ったまま振り返る。扉の前に立っていたのは、坂本だった。

「早速気になったか、あの四人組が」

ごまかすことはできなかった。

「はい……」

すると坂本は、

「やめとけやめとけ。アイツらが死んだとき悲しむだけだぞ」

と言い放つ。洋平は何も返せない。

「それと、あの彼女」

高宮真沙美のことか？

「あの子はな、最初はみんなにああやって明るく接してくるんだ。でも放っておけばいずれ話しにこなくなる。無視してりゃいいんだ。深く関わっても得はねえぞ？　俺たちはただの監視員なんだからな」

　そう言って、坂本は資料室から出ていった。洋平は、ノートを棚に戻した。

6

　夜の冷たい風に身を縮ませながら、洋平はぼろアパートの階段を上がる。カンカンカンと響く鉄の音。部屋の前に着いた洋平は、カギを差し込み、クルッと捻（ひね）る。カチッという音。扉を開けた途端、冷たい空気に包まれた。今時珍しいノンセキュリティーのアパート。部屋も冷え切っている。靴を脱ぎ、六畳一間の空間に明かりをつけ、暖房のスイッチを入れた。喉（のど）が渇いていたので台所へ行き、コップに水を注ぎ、一気に飲み干した。

　テレビ、冷蔵庫、机、ベッド、水色のカーテン。それ以外には何もない殺風景な部屋。洋平はスーツのまま、ベッドに仰向けになった。

　高宮真沙美、新庄亮太、小暮君明、池田了。

　思ってもみない出会いだった。

　天井に、この日の出来事が浮かんでは消えた。そして、佃と坂本の言葉が蘇（よみがえ）る。

『ただの監視員なんだ』

それは分かっている。しかし、実験台としては見られない。

監視員になってから、ずっと思っていた。自分にできることはないのかと。でも結局、八王子でも全員が死に、無力だということを気づかされただけだった。話しかけても、子供たちは一度も答えてはくれなかった。当たり前だ。施設なんかに閉じこめ、希望の光を消したのだ。恨まれても仕方ない。

あの施設は、子供から何もかも奪う。しかし……。

あの四人は、違う。まだ希望を捨てていない。そんな目をしていた。だからスイッチを押さないのだ。

何かしてやりたい。いつもそう思うが、結局は監視員の仕事をしているだけ。ただ、優しく接することぐらいしか……。

気が付くとベッドから離れ、ただボーッとしながら机のライトを点けたり消したりしている自分がいた。自宅に帰ってきてから、いつの間にか一時間以上が経過していた。

知らず知らずに動いていた右手を見つめる。ため息がでた。

気を紛らわすよう、テレビをつけた。映ったのは、動物番組。

数匹のライオンが、檻の中に閉じこめられている。その様子を見て、洋平は彼らとこの映像を重ねていた。

あれは春休みの出来事だった。友達と学校の校庭で遊んでいると、突然スーツを着た二人の男が現れた。そして、私の前に立ちはだかった。

『高宮真沙美。来なさい』

そう言われた時、何が何だか分からなかった。男たちは有無を言わさず私の腕を掴み、強引に引きずっていった。誰も助けてくれなかった。職員室にいた数人の先生も。ただし悲しそうにはしていた。今思うと、あの時点で全てを察知していたのだ。施設に連れて行かれるのだと。

車に乗せられ、ここに着いてL室に入ってからしばらくして、ボタンの付いた小さな箱を渡された。

『今日から君は……』

真沙美は、嫌な過去から抜け出した。久々に昔のことを思い出してしまった。

個室の机の前に座っていた真沙美は、ふと、引き出しに手を伸ばす。中には、自分の命と繋がっているスイッチが眠っている……。真沙美は、心臓に手を当てた。ドクン、ドクンとしっかり動いている。違和感なんてない。なのに、押した瞬間……。

引き出しを閉じた。頭の中を切り替える。

もの凄く長かったこの七年間。今日、滅多にない新たな出会いがあった。

南洋平。彼の顔を思い出す。優しそうな人だった。他の監視員とは雰囲気が違う。亮太のせいで少ししか話せなかったが、私の質問にも、答えてくれた。

真沙美は、ノートを開き、鉛筆を握った。

『今日、凄く嬉しいことがあった。あの人と、もっと仲良くなれたらいいな』

7

十一月二十四日。横浜に異動になって二日目の朝。この日、久々に空から太陽が顔を覗かせていた。日中には気温も上昇し、温かくなりそうだ。

バスを降り、施設に向かっている途中、後ろからクラクションを鳴らされた。振り向くと、スクーターに乗った坂本がこちらに手を上げた。

「よお」

洋平の横についた坂本はエンジンを切り、バイクから降りる。

「おはようございます」

フードのついた真っ白のパーカーの上には黒いダウンジャケット。下はだぼついたジーンズ。ギラギラと光るネックレスが異様に目につく。

外見だけでは、監視員には見えない。

「おいおい毎日スーツかよ。息苦しいだろ」

洋平は、自分の姿に視線を向ける。

「いえ……僕はこれが」

「あっそう。で、何時までいたの。資料室には」

「あの後すぐに帰りました」

坂本は、不気味な笑みを浮かべてこう訊いてきた。

「彼らについて、面白いことでも見つけたかい？」

そういう言い方はないだろうと、洋平は少し気分を害した。

「いえ、ちょっと気になっただけですから」

「そりゃそうだ。七年もいりゃあな」

昨日、深く関わるなと言ったのは誰だ。

二人は施設の敷地に入る。そして、建物へ。現在、六時四〇分。彼らはまだ寝ているだろうかと、考える。

「それにしても眠いな～朝早すぎだよな」

坂本は両手を口にあて、息で手を温める。

「ええ……まあ」

洋平のそっけない反応に、坂本はつまらなそうな顔をする。

「お前本当に口数少ないな。そんなんじゃ女にモテないぞ？　もっと気楽に生きろって」

洋平は、四人のことを頭に浮かべていた。建物に入り靴を脱ぎ、ロッカールームへと向かう。坂本の話には適当に頷いていた。

横にいる坂本は終始うるさかった。二人とも制服に着替え終わる。時計を確認した洋平は、右手に持っていた帽子を深く被った。坂本は、ほんの少し斜めに被る。

施設内に、七時の合図が鳴り響いた。

「じゃあ行くか」

怠そうな声を出す坂本。

「はい」

ロッカールームから出た二人は、四人の食事を取りにクッキングルームへと向かった。

朝食を受け取る窓口に着くと、ちょうど調理のおばさんが食器を並べていた。洋平の顔を見るなり、眉がピクリと反応する。彼女は、棚にどすりと片肘をついた。

「あら、新人さん?」

女性とは思えないほどの低い声。異様に目つきが悪いのは、疲れているからだろうか。

「ええ、昨日から」

「そう。よろしくね」

洋平は軽く頭を下げた。

「よろしくお願いします」

そう言うと、奥へと下がっていった。もう一人は鍋(なべ)を洗っている。

「ほら行くぞ」

坂本に促され、洋平は二つのトレイを手にする。二人は地下へと向かった。

「全くよ、一人くらい可愛いねえちゃん雇えよな～」

階段を下りながら坂本が愚痴をこぼした。

「ババア見てたって何もおもしろくねえや。しかも愛想がわりい。そう思わねえか？」

「はぁ……」

地下に到着した洋平は、途端に表情を引き締めた。坂本は高宮の部屋に歩を進める。

「あの、坂本さん」

声をかけると、

「あ？」

と彼は振り向いた。

「今日は、僕がやります。カード貸してください」

坂本は、少し困った様子を見せる。

「まあいいけどよ。ほれ」

カードを受け取った洋平は、暗証番号を入力し、高宮の扉を開けた。彼女はイスに座って待っていた。洋平の顔を見た瞬間、高宮の表情が輝く。

「あ！　ナンちゃん！　おはよう」

洋平は、優しい口調で応(こた)えた。

「おはよう」

「昨日は眠れた？」

「ああ。眠れたよ。じゃあまた後で」

そう言って、洋平は部屋から出た。後ろにいた坂本は、何だコイツは、という風な顔をしている。洋平は次の部屋に進んだ。

新庄亮太。扉を開けると、彼はムスッとしながら布団の上にあぐらをかいていた。

「おはよう。朝食だ」

言葉をかけると、新庄は顎(あご)で机を示した。洋平は頷き、指示通りにして部屋を後にした。

小暮君明。昨日と同じで、布団の上に足を伸ばして座っていた。

「おはよう」

洋平は小暮の目の前にトレイを置く。

「大丈夫かい？」

そう訊くと、彼は視線を下げたまま頷いた。洋平は微笑み、扉を閉めた。

最後に池田了。足音で、監視員が来たと分かったのだろう。昨日と同じように、彼は扉の前に立っていた。洋平と目が合うと、微(かす)かに表情に反応があった。

「おはよう。朝食だ」

彼はトレイを手に取り、小さくこう返してきた。

「ど、どうも」

戸惑いを隠せない様子だった。洋平が一歩下がると、池田は自ら扉を閉めた。

振り返り坂本を見ると、彼はため息を洩らした。

「あまり、はりきるなって」

「いえ、そういうわけじゃないんです」

坂本は、ヤレヤレというように苦笑いを浮かべた。

「情がうつっても知らねえぞ？　まあ俺には関係ないことだけどな」

そう言って、坂本はこちらに背中を見せた。

「レストルームにいるわ。三〇分になったら食器片づけてくれや」

「はい」

彼の後ろ姿を見て洋平は思った。最初は嫌な人間と感じたが、そうではなさそうだ。

アッという間に三十分が過ぎた。食器を下げる時も、洋平は彼らに一言声をかけた。高宮は、おいしかったと微笑んだ。ご飯を残していた新庄に、もういいのかい？　と訊いたが、彼は無視だった。

持っていくよ？　小暮はその言葉に頷き、池田は、ああ、と小さく返事をしてくれた。

そして、午後一時の合図。ドクターチェックを終えた四人は、L室へと移動させられた。

洋平と坂本は、レストルームを後にした。

L室に入り、洋平は昨日と同じ位置に立つ。数分が経過しても、新庄と池田は相変わらずで、イスに座ったまま動かない。小暮は窓の景色をノートに描いている。

重苦しい空気に耐えきれなかったのか、高宮が声をかけてきた。

「今日はいい天気だね。気持ちいいね」

すかさず新庄が割って入ってきた。

「おい！」

だが今日の高宮は強気だった。

「いいじゃん！　亮太には関係ないもん！」

険悪な雰囲気が部屋中を満たす。機嫌を損ねた新庄が、突然立ち上がった。

「勝手にしろ。おい、行こう了」

池田は新庄と高宮を見比べ、

「あ、ああ」

と返事する。

「どこへ行く」

坂本の問いかけに、新庄が答えた。

「屋上だよ」

二人は部屋から出ていった。坂本が、新庄と池田の後に続いた。洋平は、高宮に視線を向ける。彼女はニッコリと笑った。

「邪魔者が消えたね。これでナンちゃんとお喋り(しゃべ)できる」

その言葉に、洋平は苦笑いした。

「い、いいのか？　怒らせちゃって」

「いいのいいの。アイツはいっつも機嫌悪いんだもん。こっちが疲れちゃうよ。でもね……」

洋平は言葉尻(じり)をとらえる。

「でも？」

「本当は、いい奴なんだよ。ずっと前にいた子が私たちの目の前でスイッチを押そうとした時があって、亮太は必死になってそれを止めた。その子はもう頭がおかしくなっちゃってて、結局はその場でスイッチを押しちゃったんだけどね……それから、一人、また一人って、どんどんいなくなってった。簡単に押す子、泣きながら押す子、狂いながら押す子、私はその光景を何度も見てきた」

「……そうか」

「君明くんが、車椅子でしょ？」

洋平は、小暮を一瞥する。聞こえてはいるのだろうが、夢中になって絵を描いている。

「どこへ移動する時も、亮太が車椅子を押してあげるんだよ」

「いい奴なんだね、彼は」

「うん。了だって。ただ大人を嫌ってるだけなんだよ」

洋平は、落ち込む。どうしてやることもできない……。

「ゴメン。何だか暗くなっちゃったね」

「いや……」

「ねえナンちゃん。彼女いるの？」

意外な質問に、洋平は心底驚く。

「い、いないよ。そんなの」

「へ～モテそうな感じだけどな～」

どう答えたらよいのか分からない。

「ねえねえ。今、外では何が流行ってるの？　それに、どんなテレビがやってるの？」

何気ないその問いが、洋平を苦しめた。彼女らは、何も知らない。若い子たちが当たり前のように知っていることを。今、この国でどのような事が起こっているのかを。十歳までの情報しか、頭にない。

「どうしたの？　ねえ教えてよ」

暗い表情になってしまっていた洋平は、うまくごまかした。

「実は、俺もあまりよく知らないんだ。テレビとか、あまり観ないし」

「な〜んだつまんないの。じゃあ、人気歌手とかは？」

「それも、あまり」

「そっか。じゃあ、今度歌番組とか観たら教えてよ」

「ああ、分かった」

それからしばらく沈黙が続いた。急に、高宮が深刻な顔を見せる。

「私たちね、長い間ずっと四人で生活してきた。だから、誰かがいなくなるなんて考えられない」

洋平の心臓が、ドクンと波打つ。

「最初は十五人もいたのに、アッという間に……。仕方ないよね。こんな寂しい所で毎日毎日。悪いことなんてしていないのに、ずっとずっと同じ生活。生き続けるなんて辛いにきまってる。何が自殺抑制プロジェクトよ。何の意味もないじゃない。私たちは、国のオモチャだよ」

どう返したら良いのか分からなかった。

「私たち、七年もいるのに、思い出深い出来事が全然ないよ。四人で笑った記憶がない。ここ数年、会話も少ないし」

無理もない。毎日が同じ繰り返しなのだから。

「でも、今はちょっと楽しいかな。ナンちゃんが来てくれたから」

洋平は、無理に笑みを作った。

「そうか……」

「みんな、スイッチを押さない理由があるんだよ。だから辛くてもここにいる」

君もそうなのか？　とは訊けなかった。

「いつか、ここから出られると思ってるのかもね」

その台詞が一番、胸に重く響いた。

いつかきっと。そんな無責任なことなど言えず、洋平は言葉に詰まった。

「どうして……私たちが選ばれたの……」

あれは忘れもしない春休み。あの日はポカポカとしていて、穏やかな陽気だった。自宅にいた俺は、ベッドに横になっている二つ下の弟、圭吾と一緒にアニメ番組を観ていた。宇宙人みたいなキャラクターがおかしくて、二人で笑っていた。あの日は圭吾の調子がよくて、俺は幸せな一時を過ごしていた。しかし、悲劇が起こったのは、アニメが終了した直後だった。

ピンポン、とチャイムが鳴る。玄関に向かったのは母だった。扉の開く音が聞こえた瞬間、全身がビクッと固まった。母の悲鳴がしたからだ。何かあったのではないかとテレビの前から立ち上がる。不安そうにこちらを見つめている圭吾を安心させて。すると、スーツを着た二人の男が部屋に入り込んできた。

「お願いです！　連れて行かないで！」

母の言っている意味が分からなかった。泣きながら、男たちに懇願するのだ。

混乱していた自分に、一人の男がこう言った。

「新庄亮太。来なさい」

そしてもう一人に腕を掴まれた。

「何だよ！　ふざけるな！　離せよ！」

大人の力には勝てず、玄関に引きずられていった。

「お願い！　亮太を返して！」

男にしがみついた母は、乱暴に倒された。それにキレた俺は、叫びながら奴らの脚を何度も何度も蹴った。しかし、おとなしくしろ、の一言で片づけられ、家から連れ出されてしまった。

「お兄ちゃん！」

部屋の中から聞こえた圭吾の声。車が発進して、しばらく母が追いかけてきてくれたが、距離は広がるばかり。あっという間に、母の姿は見えなくなった。そして、この施設へ……。

母ちゃん、圭吾、元気してるか？　ちゃんと生活していけてるだろうか。圭吾の具合はどうだ？　母ちゃん、倒れたりなんかしてないだろうか？

「おい亮太」

了の声で我に返る。屋上から見える景色に戻る。

「さみいよ。やっぱり戻ろうぜ」

身を縮ませて了は言う。

「誰が……」

と、亮太は舌打ちする。

「真沙美のやつ……」

「え？」

「監視員とべらべら喋りやがって。奴らは俺らの敵なんだぜ。あいつらのせいで仲間たちは死んでいったんだ」

「真沙美はそういう性格だからな」

「あの監視員だってそうだよ。調子にのりやがって」

了は、亮太の肩に手を置く。

「最初だけさ。あの監視員も迷惑してるだろうよ。しつこく話しかけられて」

亮太は地面に唾（つば）を吐いた。二人が仲良くしていることが、とにかくおもしろくなかった。

新庄と池田の会話を後ろで聞いていた坂本は、二人をじっと見据えていた。

8

午後五時五五分。洋平の、横浜センターでの二日目が終わろうとしていた。彼らにとっては、繰り返しの日々の中のたった一日に過ぎなかった。

四時になると、新庄と池田がL室に戻ってきた。二人の姿を見るなり、高宮は残念そうな顔をした。だが新庄を気にせず、高宮はいろいろな話を聞かせた。ここに収容される前の楽しい思い出。洋平は、彼の目が気になっていたので、言葉は発せず、笑みだけで応えた。彼女の話を聞いていると、施設にいることを忘れる。高宮が国の実験台だとはどうしても思えなかった。発狂する子や泣き叫ぶ子ばかり見てきたから。

六時の合図が部屋に響くと、小暮以外の三人がイスから立ち上がった。新庄が、絵を描いている小暮に、

「行こう」

と声をかけ、車椅子を押して廊下に出る。洋平と坂本は、その後に続いた。

「今日も疲れたな」

と、坂本が話しかけてきた。すぐ前には四人がいる。彼らがいるのに、そういう言い方

をするのはやめてほしかった。

「え、ええ」

聞こえないように、一応は小さく答えておいた。

四人は、地下のダイニングルームへと向かう。そこで夕食を摂り、個室へ戻るのだ。彼らがダイニングルームに着くのを見届け、洋平と坂本の仕事は終わりとなる。

五人の足音がコンクリートに響く。一定の間隔にある個室を通り過ぎ、左へ折れる。一〇メートル程先には、学校の教室のような扉がある。高宮が開き、まず新庄と小暮を中に入れ、次に池田が入った。そこまで見届けて、坂本が言った。

「さあ行こうか」

ここで夜勤の監視員とタッチする。洋平は、「はい」と頷き振り返った。

その刹那、高宮に声をかけられた。

「ナンちゃん」

顔を向けると、彼女は手招きをしていた。

「どうした?」

「ちょっと」

坂本と顔を合わし、洋平は言った。

「すみません。先行っててください」

彼は一つ間を置き、

「分かった。じゃ」

と手を上げ階段へと歩いていった。

「なんだ？」

訊くと、高宮はニコッと笑った。

「ちょっとだけ中入りなよ」

まさかそう言われるとは思っていなかった。

「え？　いや、でも」

「大丈夫。亮太のことなら気にしないで」

「そういうわけじゃ」

「じゃあいいじゃん。さあ入って」

高宮に腕を掴まれた洋平は、強引に中に入れられた。その瞬間、新庄の怒声が飛んできた。

「おい！　何してんだよ！　アンタの時間はもう終わりだろ！」

洋平は、困惑の表情を浮かべる。高宮が、すぐに反論した。

「私がいいって言ったの！　亮太は黙っててよ」

気まずい雰囲気が部屋を包む。新庄は、そっぽを向いてドスンとイスに座った。

部屋の面積は一階のL室とほぼ同じ。広い空間には、大きな四角い木のテーブルがあり、その周りには三つのイス。部屋の隅に小さな棚が置かれてあるが、引き出しの中には鉛筆や消しゴムが入れられてあるのだろう。八王子でもそうだった。

家具は、それ以外に何も置かれていない。そのため、本当に広く感じる。床はフローリングになっていて、壁はクリーム色。天井には、やはり小型カメラ。

「ナンちゃんにね、見せたい物があるんだ」

そう言って、高宮は小さな棚に歩み寄る。池田と小暮は高宮の動きを目で追う。

彼女は引き出しを開け、何枚かの紙を持って戻ってきた。

「それは？」

尋ねると、高宮はその紙を差し出してきた。

「見て。君明くんが描いた絵だよ」

洋平は受け取り、一枚一枚、丁寧に見ていく。屋上や部屋から描いた景色。センターからでは見られない風景画もある。想像の世界だろうか。大きな会場に、多くの人々が集まっているのだ。それとも、ここに収容される前の記憶？　一つ言えるのは、昨日、資料室で見た絵より確実に進歩している。鉛筆しか使えないので、色で表現はできないが、ちゃんと気持ちは伝わってくる。

「本当に上手(うま)いな」

国は、彼から才能を奪った。その罪は大きい。

「でしょ？　すごいよね」

次の紙には、ある人物の顔が描かれていた。大きな瞳におかっぱ頭。そして、ニコリとした口元。ひと目で分かる。これは高宮だ。

「君か？」

彼女を見ると、

「ピンポーン」

と明るい声が返ってきた。

「似てるよね～」

「ああ」

次は池田の顔だった。短めの髪の毛に、つり上がった目。そして輪郭。つい見比べてしまった。池田は目が合った瞬間、下を向く。最後が、新庄だった。癖のある長い髪の毛。小さな顔。洋平は、優しく描かれた目に注目した。いつもの鋭さは、この絵にはなかった。

これが本当の新庄の姿……。

「ねえナンちゃん」

「うん？」

「明日、君明くんと一緒に絵を描きに外へ行くから、ナンちゃん来てよ」

洋平は、優しく微笑んだ。

「ああ、分かった。じゃあ、もうそろそろ行くよ。また明日」

高宮と約束をし、洋平はダイニングルームを後にした。

制服から私服に着替え、施設を出ると携帯電話が鳴った。液晶を確認すると、そこには堺と表示されていた。本部長である。

「もしもし？」

特徴のある低い声が聞こえてきた。

「南くんか？」

「はい」

堺は、こう訊いてきた。

「どうだね？　横浜での仕事はもう慣れたか？」

「……はい」

「驚いただろ？　彼らを見た感想は？」

どう答えてよいのか分からず、言葉に詰まる。堺は、鼻で笑った。

「複雑な心境だろうな。分かるよ」

洋平は、ある事を訊こうとして、やめた。

「いずれは絶対にくる彼らの死を、君はどう感じるかな」

また連絡する。堺はそう言って、電話を切った。

洋平はしばらく、グラウンドに立ちつくしていた。

『明日、君明くんと一緒に絵を描きに外へ行くから、ナンちゃん来てよ』

堺の言葉で、一気に現実に引き戻された気分だった。


この日の夜、小暮君明は寒い個室でいつものように鉛筆を動かしていた。今日は夜空に浮かぶ星を描いていた。形を作り、黒く塗りつぶす。

雰囲気は出ているが、あまりパッとしない。星が、黒なのだから……。

この七年間、一色だけで表現してきた。ここに閉じこめられる前の絵は、色鮮やかだったのに……。

『おいチビ！　今日もお絵かきかよ！　よく飽きねえな！』

生まれつき足が不自由で、夢中になれるものといったら絵しかなかった。それ以外、何もできなかった。同級生には、歩けないからと、ずっとイジメられてきた。他のみんなは、見て見ぬふりだった。

『チビ！　追いつけるものなら追いついてみろ～』

バカにしながら去っていく同級生。相手にはせず、絵を描くのに集中した。

仲間は、一人もいなかった。優しくしてくれたのは、両親だけ。日曜日になると、美術館に連れてってくれた。父も絵が好きで、いろいろな画家の名前を聞かされた。そして、絵の描き方を教わった。

三月の暖かい日、父とある約束をした。

『君明、今度お父さんがな……』

ずっと楽しみにしてたのに……。

その約二週間後、この横浜センターに収容された。二人の男に連れて来られる時、母は泣き叫び、父は悔しそうに下を向いていた。まるで、こうなることを知っていたかのように。

いや、知っていたのだ。だからあえてあのような約束を。いつかきっと、という意味で。

あれから七年、父は、まだ約束を憶(おぼ)えているだろうか。

僕はまだ、絵を描き続けている。毎日、毎日。明日も変わらず。

ふと、頭の片隅に、あの監視員の顔が浮かんだ。

9

十一月二十五日。三日目の朝を迎えた。横浜に移ってから、彼らのことばかり考えている。夢にまで、彼らが現れた。それは、いつもの光景。話しかけてくる高宮。絵を描く小暮。ずっと黙っている新庄と池田。

目覚ましよりも早く起き、洋平は『ある物』をポケットに入れ、少し早く施設へ向かった。

ロッカールームで着替えていると、坂本が入ってきた。

「よお」

「おはようございます」

横に並んで着替える坂本は、こう訊いてきた。

「昨日、ダイニングルームに呼ばれただろ？　あれ、何だったの？」

洋平は、ああ、と思い出すふりをして、答えた。

「高宮が、小暮君明の絵を、見せてくれたんです」

二人と約束をしたのは伏せた。

「何だ。それだけ？」

「ええ。とても、上手でした」

坂本は、興味なさそうに呟く。

「まあ確かにな〜」

着替え終えた二人は、彼らの食事を運ぶため、地下へと向かった。

この日も、洋平が彼らに朝食を配る。一人ひとりに優しく声をかけていった。

「おはよう。朝食だ」

「おはようナンちゃん」

高宮以外の三人は、返事をしてくれなかったが、暗い顔は見せなかった。食器を下げる時も、積極的に話しかけた。

そして、午後一時。洋平と坂本は、彼らがいるL室へ向かった。高宮は、早くもウキウキとした表情をしていた。目が合った瞬間、合図をしてきたので、洋平は小さく頷(うなず)いた。

それから三十分、沈黙が続いた。こちらに振り向いた高宮が、席から立ち上がった。

「君明くん、絵を描きに外行こうか」

小暮は、ノートを胸に抱え、頷いた。

「行こう行こう」

高宮が、車椅子を押す。二人は、部屋から出ていった。

「僕が行きます」

と坂本に言い、洋平は高宮と小暮の後に続いた。新庄がこちらをずっと睨(にら)んでいたが、目は合わせなかった。

外に出ると、高宮が身体を震わせながら甲高い声を上げた。

「さむ～い」

太陽は出ているが、風が強い。二人の髪の毛が、バサバサと踊る。帽子が飛ばされないよう、洋平は頭をおさえる。

車椅子を押す高宮が、グラウンドの真ん中で立ち止まった。洋平は、後ろから声をかける。

「ここで、描くのか？」

「いいよね？　ここで」

と小暮に確認する。彼の首が、縦に動く。

「ここじゃ、何の風景も見えないだろ」

高い外壁に囲まれているので、絵を描くには適さない。

「屋上へ行った方がいいんじゃないか？」

「いいの。君明くんは想像して描くんだから。それに、ここが一番好きみたい」

「そっか」

小暮は早速ノートを開き、絵を描き始めている。洋平の脳裏に、ふと堺の言葉が響いた。

『いずれは絶対にくる彼らの死を、君はどう感じるかな』

二人の前で、悲しい顔をしてしまった。洋平は高宮と小暮を見つめながら、こう呟いた。

「死なせない……」

「え？　何？　ナンちゃん」

洋平は首を振り、

「何でもない」

と微笑んだ。そして、自宅から持ってきた『ある物』をコッソリと取り出し、小暮に差し出した。

「これ、良かったら使ってくれないか？」

十色の色鉛筆が入った長細い箱。この時のために、昨夜、文房具屋で買っておいたのだ。

それを見て、小暮は固まってしまっている。

「でもこれは内緒だ。他の監視員にバレたらまずいから、後で返してもらうけど」

「ナンちゃん……」

と、高宮が声を洩らす。小暮の表情は、全く変化しない。

「あまり、気に入ってもらえなかったかな」

そう言うと、小暮の手が伸びてきた。何も言わずに箱を取り、中から色鉛筆を出した。

そして、夢中になって描き始めた。その姿を見て、洋平は安心した。

「ありがとう。ナンちゃん」

高宮はもの凄く嬉しそうだった。目にうっすらと涙が光る。

「いいんだ。これくらいしか俺は」

高宮は小暮に身体を向けて、満面の笑みを浮かべた。

「良かったね君明くん。大事に使おうね」

小暮の耳には何も聞こえていないみたいだった。すっかり自分の世界に入り込んでいる。

「ナンちゃん」

「うん？」

高宮ははりきりながらこう言った。

「ノート取ってくる。私も絵を描きたくなってきちゃった」

「ああ」

洋平は、高宮の走る姿を見つめていた。

真沙美は、急いでL室に向かう。嬉しさで一杯だった。こんなことしてくれる人は初めてだった。彼が来てくれて、本当に良かったと思う。

息を切らしながらL室に入ると、亮太が立ち上がった。

「おい！　君明は！」

「ナンちゃんと二人だけど？」

大げさに訊いてくる彼に、それがどうしたの？　と言うように答えた。真沙美は机からノートを取った。

「あんな奴と二人きりにしてんじゃねえよ！　君明がかわいそうだろ！」

真沙美は、小さく首を振った。

「君明くんは、嬉しそうだよ。私にはそう見える。ほら」

真沙美は、外を指さした。亮太は、グラウンドに身体を向ける。了も立ち上がり、二人の様子を見つめる。

「後ろ向いてて分かんねえや」

と、亮太がひねくれた言い方をする。

「あんなに夢中になって描いてるのを見るの、久しぶりだよ」

洋平が色鉛筆を持ってきてくれたことは勿論言わなかった。坂本がいるからだ。

「いつもと変わらねえよ。なあ？ 了」

了は、亮太に合わせる。

「あ、ああ……」

これ以上話し合っても仕方ないと、真沙美は廊下に足を向ける。

「どこ行くんだよ」

背中を向けたまま、真沙美は冷たく言った。

「私も、絵を描くの」

机を蹴る音が、廊下にまで聞こえてきた。

色鉛筆を握りしめた小暮は、三時を過ぎても、手を止めようとはしなかった。寒くないかと話しかけても、こちらには見向きもしない。まるで、水を得た魚のように、生き生きとしていた。この時だけは、施設のことも何もかも忘れていたのではないだろうか。

午後四時を少し回った頃だった。ようやく、小暮の手が止まった。隣にいた高宮が、声をかけた。

「描き終わった？」

すると小暮は、高宮にノートを渡した。一緒に、洋平ものぞいて見る。

「これ……」

広いグラウンドに、三人の男の子に一人の女の子。車椅子に乗っているのは小暮本人だろう。他の三人は、高宮、新庄、池田。みんな被験者用のジャージではなく、色とりどりの私服を着ている。その四人が、バレーボールくらいの大きさの球を楽しそうに投げ合っている様子が描かれていた。ここへ来て、そんな光景、一度もないはずなのに。

想像だけではなく、こうなればいいなという、彼の願い？

そう思うのは当たり前だ。普通なら高校へ通っていて、一番楽しい時期のはず。なのにこんな所で……。

洋平は、何も言ってやれなかった。高宮は、辛（つら）い顔をしている。

小暮が、口を閉じたまま色鉛筆の入った箱を返してきた。洋平は、無理に笑みを作って受け取る。

「また、描く時に渡すから」

しばらくノートを見つめていた高宮も、いつもの顔に戻る。

「君明くん。この絵、ナンちゃんにあげるよ？　他の人に見られたらナンちゃんが怒られちゃうから」

すると小暮は、深く頷いた。高宮はノートから紙を丁寧に切り離し、

「はい」

と言って渡してきた。

「ありがとう。君明くん」

洋平の言葉に、小暮の反応はない。高宮が、大きな声を上げた。

「さて！　もうそろそろ行こうか」

「そうだな」

帰りは、洋平が車椅子を押した。三人は、建物の中へと戻った。

すぐに行くからと、二人を先に部屋へと向かわせた洋平は、自分のロッカーに小暮からもらった絵をしまい、L室に足を運んだ。途中、ずっと尿を我慢していたことを思い出し、トイレに入った。すると、手洗い場で池田と遭遇した。

「あ」

お互い、小さくそう反応する。四人の中で、まだよく性格が分からないのが池田であった。素顔を隠しているような、そんな感じがする。

「ト、トイレか?」

つい当たり前のことを口にしてしまった。無視する池田は、水道の蛇口を止めて、ポケットからハンカチを取り出した。その時だ。洋平の目が何かをとらえた。小さな物が、スッと落ちたのだ。下にはマットが敷かれてあるので、音がしなかった。池田は気づかないまま、行ってしまった。これは何だろうと、洋平は拾う。

錆び付いた鉄。カギの形をしている。

「自転車の……」

なぜ、こんな物をもっているのだろう?

ハッとして洋平は池田に声をかけた。

「お、おい」

すると池田は、迷惑そうに振り向いた。

「何だよ」

洋平は、カギを上にかざす。

「これ、落としたぞ」

その瞬間、池田は過剰に反応した。ポケットに手を突っ込み、カギが無いことを知ると、平静を装い、こちらに歩み寄ってきた。

「か、返せよ」

「ああ」

洋平の手から、奪うようにして池田はカギを取る。気になった洋平は、彼に尋ねた。

「大事な、物なのか？」

すると池田は突然こちらを睨んだ。

「アンタには関係ねえだろ」

「そうだよな……」

彼に背中を向け、便器に一歩進むと、後ろからこう言われた。

「いい人ぶりやがって。そんな無理しなくていいんだぜ」

「どういう……」

池田は、洋平の言葉を遮り、こう言い放った。

「同情なんてしないでくれ」

洋平は、その場に固まってしまった。何も返せなかった。池田はL室へと戻っていった。

今の彼の一言が、ズシリと響いていた。

その夜、洋平は街中を歩きながら池田の言葉を思い出していた。

「同情なんてしないでくれ……か」

あの後、すっかり落ち込んでしまった洋平は、L室に戻っても、いつも通り彼らと接することができなかった。高宮に、

「どうしたの？」

と訊かれても、

「いや、別に」

としか返せなかった。

少なくとも彼らは、そう思っている？　仕方のないことなのだが……。

冷たい風を受けながら、丸めて持っていた紙を開いた。

街には、彼らと同じくらいの年の子がウジャウジャいる。楽しそうに友達と笑ったりお喋りしたり。これが当たり前の光景なのだ。

『同情なんてしないでくれ』

再び、池田の言葉が脳裏に響いた。

カウント3

翌日、考え事に没頭していた洋平は、坂本の声で我に返った。いつの間にかクッキングルームに立っていた。

「おい、どうした？　何かあったか？」

「いえ……別に」

「そっか。じゃあ行くぞ」

二人は、朝食を運んで地下へと階段を下りた。

高宮の部屋の前に立ち、液晶画面に手を伸ばした瞬間、昨日の池田の言葉が洋平の動きを止めた。

「おいどうした南？」

躊躇(ためら)うな、と自分に言い聞かす。

「おい！　早くしろ」

焦れた坂本が、高宮の部屋の扉を開け、彼女に朝食を渡した。その時、高宮に声をかけられた。

「おはようナンちゃん」

洋平は小さく、

「お、おはよう……」

と返した。坂本が扉を閉め、そのまま新庄の部屋に進む。洋平は、その場に立ちつくしていた。

全員の食事を配った坂本が、戻ってきた。

「どうしたんだよ。何か変だぞ。疲れてんのか？」

「そういうわけじゃ」

「今日は俺が食器を片づける。お前はレストルームにいなよ」

洋平は、すみません、と頭を下げた。

午後一時の合図が施設内に鳴り響く。レストルームから出た洋平は、坂本と合流し、L室に向かった。

坂本が、扉を開く。一番最初に目が合ったのは、池田だった。二人の間に、気まずい空気が流れる。洋平は目を逸らし、部屋の後ろに立つ。池田は、ポケットに手を入れてダラリと座ったまま動かない。洋平の視線に、高宮が気が付く。

「どうしたのナンちゃん。ボーッとしちゃって」

「いや、ちょっと」

「何か、元気ないね」

高宮がそう言った瞬間、池田の顔がほんの少し動いた。

「そんなこと、ないよ」

「それなら良かった」

高宮は、話題を変える。

「ねえねえナンちゃん。昨日、何かテレビ観た?」

洋平は苦笑いを浮かべる。

「いや、観てないけど」

「な〜んだ。この前言ったじゃん。面白いテレビ観たら教えてって」

「そ、そうだったね」

「じゃあ……」

次の質問を考えている高宮。洋平は、ふと新庄の動作が気になった。どうしたのだろう？　お腹の辺りを手でおさえている。酷くなってきたのか、とうとううずくまってしまった。隣の池田も気づき心配する。

「おい亮太」

人に弱いところを見せたくない彼だ。一切声を出さず我慢していたが、耐えきれなかったようだ。

「腹が、いてえ……」

と洩らしたのだ。洋平は、無意識のうちに新庄のもとに駆け寄っていた。高宮は立ち上がり、小暮は鉛筆の動きを止めた。

「おい！　どうした？」

呼びかけに反応はなく、ただ痛がっている。

「大丈夫か？」

新庄は苦しみながら洋平を振り払った。

「うるせえ」

混乱状態に陥っていた洋平は、新庄に言った。

「医務室から先生呼んでくる」

「よ、余計なことすんな」

洋平は部屋を飛び出した。無我夢中で、医務室へと走っていた。

ドクターに状況を伝え、部屋に連れていった。新庄はまだ痛がっている。彼の側には池田と高宮が心配そうに見つめている。坂本はただ戸惑っている。

「先生、彼です」

ドクターは新庄の目の前にしゃがみ、彼の腹部に手を当てた。そして、症状を訊いていく。新庄は辛そうに答えていた。

ドクターが立ち上がった。

「とりあえず医務室へ」

洋平は嫌がる新庄の肩を持ち、部屋から出た。池田と高宮も後ろに続いた。小暮と坂本の二人はL室に残っていた。

医務室に着いた洋平は新庄をベッドに寝かせた。

「平気だって言ってんだろ」

「いいから喋るな」

洋平はドクターに任せて、後ろに下がった。池田と高宮は気が気ではないといった様子だった。

十五分後には、新庄は平然とベッドから起きあがっていた。結局ただの腹痛で、なんてことはなかった。

「もう大丈夫か？」

ドクターの問いに、新庄は乱暴な口調で答えた。

「大丈夫だよ」

そして医務室から出る際、洋平は新庄にこう言われた。

「余計なマネしやがって」

洋平は、安心してほっと息をついた。

「良かった……本当に」

新庄と池田は医務室から出る。

「行こう。ナンちゃん」

洋平は頷き、高宮と一緒に廊下に出た。が、すぐに立ち止まる。

「どうしたの?」

俯きながら洋平は、こう言った。

「同情なんかじゃない……」

新庄と池田の足が止まる。こちらに振り向く。

「そんなんじゃないんだ」

新庄は首を傾げ、冷たく言い放つ。

「何言ってんだ。行こうぜ了」

池田はハッとなり、

「ああ」

と頷く。二人は再び背中を向け行ってしまった。

高宮が疑問を投げかけてきた。

「どうしたの？　急に」

洋平はしばらくの間をあけた。そして優しく微笑み、

「行こうか」

と歩き出した。

その日から、十日間が過ぎ去った。施設内では、同じ日々の繰り返しだった。洋平の生活も変わらなかった。朝食を配る時、下げる時には必ず一言声をかけ、小暮が絵を描くために外に出る時は車椅子を押し、向こうが煙たがっていようが、無視されようが、新庄と池田にも話しかけた。洋平は、四人に今まで通りに接した。

そして、横浜に配属されてから二十日間が経った朝だった。

相変わらずの四人だったのだが、この日、ある出来事が起こった。それが、一人の心を揺り動かした。

いつも通り食器を下げ、彼らを個室から出す時、洋平は小暮の車椅子を押してやった。

すると横から、新庄が割り込んできた。

「おい！　俺が押すからいいんだよ」

その際、小暮の手にぶつかってしまい、持っていた鉛筆が床に落ちてしまったのだ。

「ごめん……」

洋平は鉛筆を拾い、小暮に渡した。すると、ほんの少し彼の口が開いた。そして、こう言ったのだ。

「……ありがとう」

小暮が喋ったその瞬間、四人は固まった。洋平は驚きを隠せなかった。なぜなら、初めて彼の声を聞いたからだ。それ以上に驚いているのが、高宮、新庄、池田の三人だった。

「君明くん……」

と呟く高宮。小暮は、下を向いてしまった。

「い、行こうぜ」

新庄は車椅子を押して、足早にL室に向かう。高宮がその後ろにつく。

信じられないといった様子の洋平は、ようやく歩き出す。すると、背中を向けていた池田が、こちらに振り向いた。しかし、迷った動作を見せている。しばらくの間をあけて、俯きながらボソッとこう言ったのだ。

「あとで、屋上きてくれ」

意外なその言葉に、洋平は聞き返す。

「え？」

二度はなかった。屋上へ来いと、それだけを残して、行ってしまった。

何だろう……。

いつもと、目が違った。

1

七年経った今も、彼女の顔はハッキリと頭に残っている。肩まで伸びたサラサラの綺麗な髪の毛。大人の手にスッポリとおさまってしまうほどの小さな顔に、眠たそうな、まるでタヌキのような目が特徴で、ポツンと置かれたようなかわいい鼻。そして、お喋りな口。優しくて明るい彼女は男子から人気があり、同性にも好かれていた。

今、彼女はどんな顔をしているだろう。辛く、寂しい毎日で、随分変わってしまっただろうか。でもまだ、生きていてくれている。それだけで十分だ。

矢田遥とは、幼稚園の頃からの幼なじみだった。家が近所で、毎日のように一緒に遊んでいた。小学校に上がった頃から、女子といるところを見られるのが恥ずかしく思うようになり、校内ではあまり口をきかなかったが、休みの日はお互いの家によく遊びに行っていた。彼女と過ごした思い出はいろいろある。二人でテレビゲームをやったり、公園に行ったり、駄菓子屋さんでお菓子を食べたり。遥はケーキを作るのが得意で、よく母親と一緒に作ったケーキを食べさせてくれた。その味、今でも憶えている。そしてハッキリと頭に残っているのがもう一つ。冗談交じりに言った彼女のあの一言。

公園の砂場で山を作っている最中、遥は砂を掘りながら言ったのだ。

『了君はね、私と結婚するよ』

その時恥ずかしくて、

『やだね。何でお前と』

と、ごまかしたが、自分もそんなような気がしていた。まさかそれから五年後、離ればなれになるとは思ってもみなかった。

今思えば、小学校に上がる前あたり……そう、病気を治すためと、手術を行ったその日から両親の態度が急におかしくなった。自分たちの子供だというのに、妙に気を遣ったり、陰では母が泣いていたり……。何かを隠していた。

五年後、その理由が明らかとなった。

『池田了、来なさい』

友達と公園で遊んでいる最中だった。訳が分からず、必死になって抵抗したが、周りにいた大人も助けてくれなかった。最後に両親にも、そして遥にも会わせてもらえず、施設に収容された。

ショックな出来事はそれだけじゃなかった。同じ日、遥まで別の施設に入れられたと監視員から知らされたのだ。でも、それを聞いてスイッチは押さなかった。それこそ国の思う壺。もう一度、遥に会いたかった……。

遥は平塚の施設に閉じこめられている。監視員が何も言ってこないということは、まだ生きている。恐らくは一人だろうが、ずっと耐えているはずだ。

今、どんな様子だろう。毎日そう思っていた。しかし、知りたくても訊けなかった。監視員など、大人など信用できない。この七年間、本当に辛かった。

でも今日の朝、一人の男に、賭けてみようと決心した。

了はイスから立ち上がった。

「どこへ行く」

振り向き、洋平に言った。

「屋上へ」

すると亮太も立ち上がった。

「じゃあ俺も」

「来るな」

了は同時に言った。

「は？」

「いいから来るな。一人になりたいんだ」

そう言い残し、部屋を後にした。廊下に、南の声が聞こえてきた。

「私が、行きます」

少し遅れて屋上に着くと、手すりに摑(つか)まり、空をボーッと見ている池田の後ろ姿があった。

急に呼び出すなんて、一体どうしたというのだろう。朝の池田は雰囲気が違った。

『同情なんてしないでくれ』

いつかの言葉が蘇(よみがえ)る。洋平は池田に歩み寄り、声をかけた。

「話って、なんだ？」

すると池田は振り返り、呟いた。

「何でアンタをここに呼んだのか……分かる訳、ないよな」

「どうしたんだ？　何か、あったのか？」

池田は、再び背を向ける。

「アンタがここへ来て、もう三週間近くが経つか」

彼は、何を言おうとしているのだろう。

「あ、ああ。もうそろそろ一ヶ月。早いよな」

「この七年間、嫌なことばかりだった。入れられた当初はとくに。同じ年齢の奴らがどんどん死んでいった。みんなでなら怖くないと、集団で押す奴らもいた。長い間、ずっと四人でここまで来たけど、何も変わりはしない。俺にも、いつかスイッチを押す日が来るような気がする」

どう返せば良いのか、正直分からなかった。深刻な表情を浮かべる池田がふと、ポケットから何かを取りだした。それは、死のスイッチだった。洋平は、過敏に反応する。

「お、おい……」

赤いスイッチを見つめながら、池田は口を開く。

「こんな物のせいで、俺たちの人生滅茶苦茶(めちゃくちゃ)だ。こんな物がなければ今ごろ、家族や友達に囲まれて、普通に生活していたんだ」

池田はポケットにスイッチをしまい、俯(うつむ)いたまま喋る。

「アンタが来て、ほんの少しではあるけど、施設内の雰囲気が変わった」

「高宮が、みんなを明るくさせようとしてくれているからな」

池田が洋平の言葉を遮る。

「違うよ」

「え?」

「今日の朝、君明がアンタに喋ったろ」

ハッキリとは聞こえなかったが、確かにありがとうと……。

「君明が、監視員に口を開いたのは初めてなんだ。俺たちにだって滅多に。アイツの声、久々に聞いたんだ」

だからみんな、あんなにも驚いていたのか。

「そうだったのか」

それから、無言の空気が流れた。この沈黙をどう破ればいいのか考えていると、池田がまた振り向いた。そして、あの自転車のカギを見せたのだ。

「これ、憶えてるだろ？」

「ああ。トイレで、落としたやつ」

強い風が過ぎ去る。静まり返ると、池田はこちらに鋭い視線を向けた。

「アンタを信じてもいいのかよ。俺たちの敵である、監視員のアンタを」

意外な言葉に、洋平は驚く。まさかそんなことを言われるとは思わなかった。彼の顔は、真剣だ。洋平は、頷(うなず)いた。

「自分にできることがあるなら、力になりたい」

あのカギと、深い関わりがあるのだろうと思った。

池田はカギを握りしめ、静かに語りだした。

「これは、幼なじみの自転車のカギなんだ。俺がここに連れてこられる数時間前、友達と遊びに行くからと、そいつに自転車を借りたんだ。そして遊んでいる最中、国の男たちが現れた。ポケットにカギが残っているのに気が付いたのは、施設に着いてからだった」

池田はため息を吐き、続けた。

「国の奴らが実験の内容を話している時すでに俺は誓っていた。カギを返すまで絶対に死なないと。でも」

「でも？」

「そいつも同じ日に、施設に収容されていたんだ」

「そんな、まさか……」

洋平は、初日に見たファイルを思い出した。

「その子、遥っていう名前じゃ」

池田は驚きはしなかった。

「見たのか、ファイル」

「ああ……」

「そう。矢田遥。俺はそいつのために生きている。家族よりも大きな存在なんだ。彼女もまだ、スイッチを押していない。俺はいつか必ず会えると信じている。そしてその時、この手でカギを返すんだ。でも、今の遥について何も分からない」

池田がその先何を言おうとしているのか、それは明らかだった。

「俺に、平塚センターに行けというんだな？」

池田は、下を向き呟いた。

「アンタに、任せていいのか」

正直、彼から頼み事をされるとは思ってもいなかった。しかし洋平は、何の躊躇いもなく返事をした。自分を頼ってくれたことが、嬉しかった。

「ああ」

「もし……もし会えたら、これをコッソリ渡してほしいんだ」

洋平は、一枚の紙を受け取った。

「分かったよ」

池田は、何も言わずに屋上を後にした。彼の後ろ姿は、もの凄く悲しそうだった。

2

この日の勤務を終えた洋平は、平塚の施設に向かおうとしていた。彼女のことを思う池田の役に立ちたいと思っていた。

歩調を速め進んでいくと、なぜか門の近くに坂本が立っていた。

「お疲れ様です」

頭を下げ通り過ぎようとすると、

「待てよ」

と声をかけられた。洋平は歩みを止める。

「なにか」

坂本は不気味な笑みを浮かべながら寄ってきた。

「どこ行くんだ？」

洋平はドキリとする。

「自宅に、帰ります」

怪しんでいるようにも見えたが、案外納得するのは早かった。

「そうか、ならいいんだ」

「では」

洋平は逃げるようにしてその場から立ち去る。すると再び、坂本の声がした。

「あまり裏でコソコソ動かない方がいいぞ」

やはり彼は勘づいている？　洋平は平静を装った。

「何のことです？」

「今日、池田了と屋上に行ったから、もしやと思ってな。奴が監視員を呼んだのは初めてだからよ」

この男が意外に鋭いことを洋平は知った。

「別に、呼ばれてなんかいませんよ」

「そうか。何かそんな風に見えたからよ」

「違います」

「それならいいんだ。もし仮にそうだとして、後々、面倒なことになるのはお前だからよ。でも余計なお節介だったな。まあ俺には関係ないけどな」

「大丈夫です。失礼します」

「おう。また明日な」

洋平はバス停に急いだ。彼らの願いをきくことは、規則違反だと分かっている。だが、放っておくことはできなかった。

横浜駅から東海道線に乗り、平塚駅で下車した洋平は、西口の階段を下り、そこからバスに乗り込んだ。辺りはすっかり真っ暗になっていた。

ガラガラのバスに揺られながら、洋平は窓に映った自分の顔を見つめる。

今、矢田遥に会いに行こうとしている。池田は不安ばかりを抱いていたが、かすかに期待しているのが見えた。もし対面できるのならば、池田の気持ちをしっかりと伝えようと思う。しかし、彼女に会うのが半ば怖くもあった。なぜなら、何となく想像がついているから。矢田遥が今、どんな風になってしまっているのかが。

終点で下車した洋平は、遠くに見える灰色の建物を注視した。

あれに間違いない。平塚センターだ。

洋平は、足早に建物に向かった。やはり辺りは八王子や横浜に似ている。緑一色に囲まれていた。

『YSC平塚センター』

入り口手前で一度立ち止まり、洋平は、敷地に足を踏み入れた。

恐る恐る建物の扉を開けた。堺が送ってきたカードキーはここでも通用するものだった。

一応関係者ではあるが、勝手に中に入っていいのだろうか。一言声をかけようか迷っていると、偶然、二人の監視員が通り過ぎた。

「あのう」

すると男たちはこちらに振り向き、歩み寄ってきた。一人は三十代後半だろうか。太い眉に、ぎろっとした大きな目が特徴で迫力がある。もう一人は、まだ二十代前半か？ 色黒で、モデルのような綺麗な顔立ちをしているが、何となく悪そうな雰囲気を醸し出している。歩き方がチャラチャラしているからだろうか。

三十代後半と思われる男が言った。

「ちょっと困ります。この中に勝手に入らないで頂きたい」

洋平は、

「すみません」

と頭を下げて、事情を説明した。

「私、横浜センターで監視員をしている者です」

男の眉がピクリと動く。若い方はどうでもいいというような態度だ。

「そうでしたか。で、横浜の方が何か用ですか？」

男の口調が和らいだ。洋平は、彼に尋ねた。

「ここに、矢田遥という子が収容されていると聞いたんですが」

「ええいます。二〇二三年に収容された唯一の生き残りです」

やはり、一人か。周りに同年代の子はおらず、孤独な生活を送っている……。

洋平は、意を決して男に頼んだ。

「できれば、会わせてもらいたいのですが」

男の答えは早かった。

「それはできません」

「一目だけでも、いいんですが」

「いくら他のセンターの方であろうと、それはできません。お引き取りください」

「それじゃあ、彼女の今の様子……」

言葉の途中で遮られてしまった。

「困ります」

詳しく説明しても結果が変わるとは思えなかった。池田から預かった手紙も渡すことはできまい。

「そうですか……分かりました」

頭を下げて、洋平は建物を出た。施設に入る前よりも外が寒く感じた。

やはり駄目だったか。池田にどう話せばよいだろう。こういう時、嘘をついてもいいのだろうか……。

敷地から出たその時だった。

「おい待てよ」

振り返ると、若い男がこちらに走ってきていた。

何か用だろうか？　息を切らしながら、彼はこう訊いてきた。

「アンタ、矢田遥の何？」

洋平は、答えに迷う。

「家族？　親戚？」

「いや、そういうわけじゃ」

男は、ふ～んと頷く。

「少なくとも、何か訳があるんだな」

「ま、まあ……」

認めると、男は右手を差し出してきた。その意味が、洋平には理解できなかった。

「なにか？」

男は焦れったそうに右手を縦に動かす。

「情報料だよ。一万でいいや。払えば何でも教えてやるぜ」

その言葉に警戒するが、今の洋平には払うしか選択肢はなかった。財布から札を取り出し、そっと渡す。男は満足そうに一万円をポケットにしまい込んだ。

「で？　何知りたいの」

どんな事から聞けばよいのか考え、まずはこの質問からした。

「彼女は、元気なんでしょうか？」

男は腕を組み、首を横に振った。

「そんな訳ないっしょ。俺は五年前にここに入ったから最初の頃は知らないけど、七年だよ七年。頭いかれちまってるよ。毎日毎日イスの上でボーッとして、ただ飯を食うだけ。一切口はきかないよ。髪の毛はボッサボサだし、目は死んでるし、やばいねあれは。どうしてスイッチ押さないのか分からないよ俺には。早く押しちまえばいいのによ。そうすればまた新しい実験台が来るってのによ。俺たちもマジ退屈だよ」

その発言に、洋平は怒りを感じる。表情にも出てしまった。男は気まずそうに片手を上げた。

「わりいわりい。でもよ、実際理解できないぜ。何であんなに我慢できるんだよ」

そんなことを聞きたいんじゃない。

「彼女のことで、他に何か分かりませんか？」

「他っつったって、口をきいたことなんてねえし、ずっとあんな調子だからな。日記だってずっと白紙だしな。感情を出したこともねえよ」

やはり、思っていた通りか……。

「そうですか」

「もし他に何か分かれば、連絡してやってもいいけどな」

「それは助かります」

洋平は早速、携帯番号を交換した。

「俺の名前は菊田(きくた)。アンタは？」

「南です」

「分かった。じゃあ何かあったら連絡するよ」

そう言って菊田は振り返った。肝心なことを思い出し、洋平は菊田を呼び止めた。

「ちょっと待ってください」

洋平は、この男に任せてもよいだろうかと迷ったが、彼女に渡す方法はこれしかなかった。

「何？」

「これを、一枚の紙を手渡した。コッソリと渡してくれませんか？」

菊田は嫌そうな表情を浮かべる。

「何だよ。面倒くせえな。バレたら厄介だしな」

「お願いします」

菊田は帽子を取り、頭をボリボリとかいて、再び右手を出してきた。

「オプション料だ。もう五千円。安いもんだろ？」

洋平は渋ることなく菊田に五千円札を差し出した。

「まいど。必ず渡してやるからよ」

菊田は施設に戻っていった。彼の姿が見えなくなるまで、洋平は見つめていた。

彼女の今の様子が目に浮かぶ。池田には、何と言えばいいのだろうか……。

静まり返った寒い個室。風が吹くと、サラサラと木の揺れる音がした。

その夜、矢田遥は布団の上に正座したまま、目の前にある一枚の紙をボーッと見つめていた。個室に入る時、監視員が置いていった。

うつろな目。垂れ下がった首。ダラリと力の抜けた両腕。静かに呼吸を繰り返す。遥は、目の前にある紙にゆっくりと手を伸ばした。そして、力のない両手で開いていく。鉛筆で書かれた文字が並んでいた。

『遥、こうして手紙を送れる日をどれだけ待ちわびたことか。この七年、辛く苦しかった。お前は今どうしてる。俺のことを忘れてしまってはいないだろうか』

薄れていた記憶が、蘇っていく。消えかけていた顔が、脳裏に浮かぶ。

了……。

『七年前のあの日、まさかお前まで施設に収容されていたなんて、信じたくなかった。俺はずっとずっと心配していた。忘れた日なんて一日もない。お前まで不幸にした国の奴らが許せない。本当は今すぐにでも助けに行きたい』

一緒にいた思い出が、浮かんできた。父、母とケーキを作り、了を呼んで四人で食べた。あの日の笑い声が、楽しい会話が、耳に聞こえてくる。

手をつないで公園へ行った。自転車を二人乗りした。捨てられていた犬の面倒を一緒にみた……。

『俺のことは心配ない。苦しいだろうけど、一日、一日を生きてほしい。お前は憶えているか。俺は今でも、あの日に借りた自転車のカギを大切に持っている。カギを返す時がいつか必ずくることを信じている。だから、諦めないでほしい』

手紙は、そこで終わっていた。

『今日、自転車かしてくれよ』

『え〜壊さないでよ』

『大丈夫だって』

読み終えた遥の目から、ツーッと一筋の涙がこぼれた……。

3

翌朝、施設に着くまで洋平は池田に何と言おうかずっと迷っていた。真実を述べるか、それとも安心させてやるべきか。

それより、あの菊田という男、ちゃんと手紙を渡してくれただろうか。何が書いてあるのかは勿論知らないが、きっと彼女を勇気づけるに違いない。ただ、その先に希望があるのかどうかは、分からない。

朝食を配る際、どう話そうかまだ気持ちは固まってはいなかったが、洋平は池田にアイコンタクトを送った。彼は真剣な顔つきで頷いた。そして、午後一時。彼女のことで頭が一杯だったのだろう。洋平がL室に入って間もなく、彼は立ち上がり、屋上へ向かった。後を追うようにして、洋平も続いた。

扉を開くと、屋上の中央に、池田は立っていた。昨日と違って、こちらに身体を向けている。洋平は、静かに歩み寄る。最初に口を開いたのは、池田だった。

「遥のいる施設に、行ってくれたのか？」

洋平は強く頷く。

「ああ」

その先を聞きづらそうにしている池田を察し、洋平は一から話した。

「実は、直接会うことができなくてな……」

途端に、池田の表情が悲しくゆがむ。

「じゃあ」

「でも、一人の監視員が、帰り際に彼女のことを教えてくれたんだ」

ふと顔を上げた池田の語気が強くなる。

「で、遥は？　遥は今どうしてる？」

洋平は、こう言った。

「相当辛いんだろう。精神状態が、あまりよくないそうだ。たった一人で、ずっとイスに座ったままだそうだ」

洋平は事実を打ち明けた。嘘をつくことはできなかった。

「そうか……」

落ち込む池田の顔を見て、やはり安心させてやるべきだったのかと思う。

「それで遥は、俺のこと何か言ってるのか？」

洋平は、残念そうに首を振った。

「誰とも口をきかないそうだ。でも、心の中では君のことを思ってるはずだ」

池田は口を閉じてしまった。変わり果ててしまった彼女に何を思っているのだろうか。助けてやりたいと考えているに違いない。

「手紙……渡しておいた。それを読めばきっと」

言葉の途中で、池田は呟いた。

「かわいそうに……でもいつかきっと」

今にも泣きそうな池田を見て、洋平はどう言葉をかけてよいのか分からなかった。会いたいのに会えない二人のことを思うと、辛かった。

池田は俯いたまま、

「ありがとう。俺のために……」

と呟き、屋上から去っていった。これで良かったのだろうかと自問自答する洋平は、しばらくの間を置いて、一階へと下りていった。

L室に戻ると、肩を落として座っている池田の姿があった。彼の様子が変だということは、高宮や新庄も気づいているようだった。

室内の空気が、妙に重い。洋平は、部屋の後ろに立つ。騒動は、この直後に起こった。

新庄が急に口を開いた。

「おい。二人で仲良く何してたんだよ」

洋平はドキリと反応する。

「おい了。何を話してたか知らねえが、あんな監視員あてにしたってどうにもならないぜ」

「亮太！」

すかさず高宮が止める。

「お前は黙ってろ！」

新庄は怒声を放ち、池田に身体を向ける。

「あの監視員はな、俺らの前ではいい人間を装ってるだけなんだよ」

新庄は、小暮にも言葉をぶつける。

「君明だって騙（だま）されるなよ」

絵を描いていた小暮は鉛筆を止め、悲しそうに俯いた。

ずっと黙っていた池田が、静かに言った。

「別に、何も話しちゃいねえよ」

新庄は納得しない。

「嘘つけ。昨日からコソコソやりやがって」

洋平は、二人のやりとりを見ていることしかできなかった。

「何を期待してんだよ。どうにもならないってのによ」

新庄が暴言を吐いたその瞬間、洋平は思わず声を上げていた。

「そんなことはない」

一瞬、部屋が静まり返る。坂本も驚いた顔を見せる。怒りの矛先は、洋平ただ一人に向けられた。

「お前に何が分かるんだよ！　お前なんかに俺らの気持ちが分かるのかよ！」

洋平は、一言も返せなかった。激昂した新庄は、L室から出ていった。後を追ったのは坂本だった。

室内には、最悪の空気が流れていた。誰も、口を開こうとはしなかった。

重い雰囲気のまま三時間が経過した。洋平はみんなのことが心配だった。特に、池田が。ずっと、深く考え込んでいる。隣に座る新庄は、池田に背を向け頬杖をついている。小暮は、ずっとノートを閉じたままだ。高宮にも、元気がない。

洋平は、深いため息をついた。七年間一緒にいた彼らの気持ちが、バラバラになってしまった。

この空気に耐えきれなかったのか、高宮が立ち上がった。そして、洋平にこう言ったのだ。

「外へ行きます」

来てほしいというサインだと洋平は理解する。彼女の後ろに、黙ってついていった。

グラウンドの真ん中まで高宮は歩き、後ろ姿のまま尋ねてきた。

「了と、何かあった？」

正直に、話すべきか。そもそも彼らは池田の幼なじみのことを知っているのか。

「もしかして、聞いたの？　幼なじみのこと」

洋平はしばらくの間を置き、頷いた。

「ああ。実は昨日、その子が収容されている平塚センターまで行って来たんだ」

高宮は微かに驚いた表情をし、悲しそうに呟いた。

「そうだったんだ。じゃあ、了が落ち込んでいるのは……」

「精神状態がよくないそうだ。魂が抜けてしまっているような状態なのかもしれない」

「……そう」

「何とか……何とかしてあげたいけど、俺には」

高宮には、ある不安が芽生えていた。

「ねえ。了、死んだりしないよね」

洋平は迷うことなく答えた。

「大丈夫」

そうは言ったものの、どこかでは恐れていた。心が弱くなっている今、諦めてスイッチを押してしまうのではないかと。そんな池田を見ている他の三人も心配だった。

どうにかしてやりたい。洋平は心の底から思っていた。

しかし、この日を境に彼らの雰囲気は変わった。池田は両手を組み目を瞑りながら小さな声で何かを唱えるようになり、新庄は池田と一切目を合わさないようになった。小暮にも、変化が出ていた。あれほど好きだった絵を、描かなくなった。車椅子の上で、ただ外を眺めるだけになってしまった。高宮も、口数が少なくなった。池田を心配している様子だった。

こんな状態が、一週間以上続いた。そして、洋平が横浜に異動してきてちょうど一ヶ月が経った十二月二十三日。それは突然の出来事だった。

これが、運命なのか。

早朝、滅多に鳴らない携帯電話が、鳴り響いた。

4

ベッドから起きあがり、携帯を取る。液晶画面には、『菊田』と表示されていた。その瞬間から、洋平は嫌な予感がした。

「もしもし。南です」

洋平は、緊張する。菊田はほんの少しの間を空けた。

「おう。俺だよ」

この質問をするのが怖かった。

「何か、ありましたか」

すると菊田は、躊躇いもなくこう言った。

「矢田遥が、昨日の夜中にスイッチを押した」

衝撃が走った。洋平はギュッと目を瞑り、携帯を握りしめ、息を吐き出した。

「どうして……急に。彼女に何が」

「どうやら原因は、母親の死みたいだな」

「母親が」

「ノイローゼだったってよ。赤信号なのに道路を渡って、トラックに轢かれたらしい」

その事実を知り、七年間張っていた糸が、プッと切れたということか。そして、

「個室の机に、ノートが置かれてあったんだが、そこにはこう書かれていた。お父さん、了、ごめんなさい、ってよ」

返事をする力が出てこなかった。

「アンタから預かった手紙、ちゃんと渡したよ。それからずっと、矢田は涙を流してばかりだった。声も出さず、ただ泣いていたよ」

別れの手紙。洋平にはそんな気がしてならなかった。

「アンタも辛いだろうけど、仕方のないことだよ。いずれこうなるんだ。じゃあな」

そこで通話が切れた。洋平は、立ちつくしていた。

まさかこんな急に……。彼女のことを知って、すぐの出来事だった。とうとうこの日が、来てしまった。脳裏には、不安な表情の池田が浮かんでいた。彼女のことだけを思って生きてきた。もしこの事実を知ったら、彼は……。それだけが心配だった。

「雨……」

今ごろ気づいた。外はシトシトと、雨が降っていた。洋平には、矢田遥が泣いているように思えた。

どんなに悲しい出来事が起こっても、時は同じように進んでいく。この日も、施設での

生活が始まろうとしていた。ロッカールームで着替えていると、坂本がやってきた。

「よお」

洋平は、力無く頭を下げる。

「どうした？　顔色良くないぞ。体調でも悪いのか？」

「いや……」

「それとも、奴らのことで悩んでんのか？　だから言ったろ。あまり深く関わるなって」

「そういうわけじゃ……」

「ま、俺には知ったこっちゃないけどな」

施設中に、七時の合図が鳴り響く。

「よし、行くか」

正直、地下に下りたくなかった。池田と顔を合わすのが、辛かった。そして怖かった。彼らの食事を持ち、階段を下りる。この日も配るのは洋平だった。高宮、新庄、小暮には今の気持ちを悟られないよう、明るく装い挨拶をした。しかし今の彼らにはそんな力などなかった。高宮でさえ、ただ頷くだけだった。

『矢田遥が、昨日の夜中にスイッチを押した』

池田の個室の前に立った瞬間、菊田の言葉が蘇る。同時に、池田の言葉を思い出した。

『いつか必ず会えると信じてる』

洋平はノックし、中に入った。池田はこちらに背を向けて、布団の上で膝を抱えて座っていた。

「池田……机の上に、置いておくよ」

そう伝えて、個室を出た。扉を閉めた洋平は、ドッと息を吐いた。手にはビッショリ汗をかいていた。

やはり、真実を告げることはできなかった。彼の気持ちを考えたらとても。

しかし、隠し通すことはできなかった。洋平は、こうなると予測できていた。それは、彼らを検査室に移す時だった。地下に、所長がやってきたのだ。

「池田了」

下を向きながら歩く池田は立ち止まる。高宮、新庄、小暮、坂本も同時に。池田の後ろにいた洋平は、どうすることもできなかった。ただ、所長の口から真実を告げられるのを待つしか。

とうとう池田に、運命の一言が伝えられた。

「昨夜、一一時二三分。YSC平塚センターの矢田遥がスイッチを押した」

その瞬間、池田の全身が震えだした。そして、こう洩らした。

「嘘だ。嘘だろ？」

「本当だ」

「どうしてそんな急に」

「母親が事故で亡くなった知らせを聞いた、数時間後のことだったそうだ」

「そんな……」

信じられないといった様子の池田はハッと振り向く。涙を浮かべた彼に見つめられた洋平は、ゆっくりと首を縦に動かし、認めた。

「遥……」

池田はその場に崩れ落ちた。放心状態に陥ってしまった彼は、遥、と何度も何度も呟く。所長は何も感じていないかのように、地下から去っていった。

「どうして……」

池田は、魂の抜けた声を出す。誰も声をかけられない中、洋平が口を開いた。

「君に、ごめんなさいと、彼女のノートには書かれていたそうだ。手紙を読んでからずっと、泣いていたそうだ」

すると池田は、

「……そうか」

と言って、自力で立ち上がった。そして、歩き始めた。

「了……」

心配する高宮が、声をかける。洋平は辛くて、後を追うことができなかった。

　午後一時の合図とともに、Ｌ室に入ると、池田はいた。ポケットに手をつっこみダラリと座っていた。それはいつもと同じ恰好だった。誰も池田に声をかけられず、黙って席につく。長い沈黙が続いた。池田は、微動だにしない。彼女のことを思っているに違いなかった。しかし、一番最初に口を開いたのは池田だった。全員に身体を向けた後、こう言ったのだ。

「おい。どうしたみんな？　そんな暗い顔して」

「だって……」

　と高宮が返すと、池田は一瞬悲しい顔を見せ、優しく言った。

「七年間、遥はずっと辛かったんだ。寂しかったんだ。母親が死んだんだ。仕方ないさ」

「でも……」

「いずれはこうなる。覚悟してた。だからよ、みんな暗くならないでくれ。俺に気を遣わないでくれ。大丈夫だから」

　無理している池田が哀れでならなかった。本当は悲しいはずなのに。泣きたいはずなのに。

「了？」

　高宮の問いかけに池田は、

「どうした？」

と普通に反応する。高宮は、今抱えている不安を訊かずにはいられなかったのだろう。

「了まで……」

しかし、そこで止めた。池田は鼻で笑い、こう答えた。

「まさか」

池田の様子が心配になり、洋平は彼を屋上に呼びだした。


屋上の扉を開くと、冷たい風を顔に受けた。朝から降っていた雨は、もう止んでいた。

手すりの前で池田は曇り空を眺めていた。洋平の気配に気づき、彼は振り返る。そして、
面倒くさそうな顔をしてこう言った。

「何だよ寒いのによ。どうしたんだよ」

「お前が……心配だったから」

池田は呆れた態度を見せる。

「大丈夫だって言ったろ？　もうそれだけか？」

「あ、ああ……」

「じゃあ下行くぜ」

池田が通り過ぎる時、洋平は思わずこう言ってしまった。

「きっと彼女……最期まで」

池田は洋平の言葉を遮った。

「言うな！」

「え？」

「それ以上言うな」

そこで初めて自分の過ちに気づいた。

「ごめん」

池田はこちらに背中を向け、こう呟いた。

「ありがとう……手紙渡してくれて」

そして、

「俺は、大丈夫だから」

バタン、と扉が閉まる音が響いた。

「池田……」

表には見せないが、幼なじみを失ったショックは大きいはず。だが今は、彼を信じるしかなかった。

悲しみに包まれたまま時は流れ、夜を迎えた。この日は風の音もなく、妙に静かだった。突然の別れだった。あまりにも急すぎて、実感がわかない。せめて一言だけでも、喋りたかった。

5

遥の死を知らされ、みんなの前では気丈を装っていたが、個室に移動してからずっと、了は毛布にくるまり、泣いていた。最後に一目、会いたかった。幼い頃の遥しか、浮かんでこない。その顔も、段々とぼやけていく。

幼稚園から、小学校までの遥との思い出が蘇る。

『矢田遥です』

彼女の方から自己紹介してきたのを今でも憶えている。仲良くなったのは、それからだった。短い間だったけど、本当に楽しかった。あの頃に戻れるのなら戻りたい。この七年、再会するのを夢見て生き続けてきたが、結局叶うことはなかった。国の奴らに、勝つことはできなかった。悔しいが、彼女を責めることはできない。

『了、ごめんなさい』

これが最期の『言葉』だった。そう思うと、再び涙が溢れた。了は彼女から借りた自転車のカギを握りしめ、静かに目を閉じた。もう、生きる気力がない。この七年間の、幕を下ろそうと思う。振り返ると、本当に長かった。他の子がスイッチを押そうと、絶対に負けなかった。初めは怯えていたが、真沙美、亮太、君明と四人で、ずっとずっと頑張ってきた。言い争ったり、慰め合ったり、本当に極わずかだが、笑ったこともあった。互いの事情を知っているからこそ、ここまで生きてこられたんだ。

でも、もう限界だ。

先の見えないこの状況で、生き続ける自信がない。それほど大きなモノを失ったのだ。俺は仲間を、裏切ろうとしている。三人の悲しむ顔が目に浮かぶ。こんな別れ方になるなんて。でも、さよならを言わず別れた方がいい。

父や母はどう思うだろう。今ごろ、何をしているだろう。

了は立ち上がり、机に向かい、イスに座る。そして、ノートを広げた。ここに自分の気持ちを書くのは何年ぶりだろう。了は鉛筆を、握りしめた。そして、こう書き残した。

『みんな、ありがとう』

自分の気持ちを伝えた了は、とうとうスイッチを引き出しの中から取り出した。

収容初日、絶対に押さないと誓った。しかし、この時が来てしまった。

みんな、ごめん。

最期は静かな気持ちだった。

これで遥と、会える。

スイッチに被せられている透明のプラスチックをはずし、了は息を全て吐き出し、躊躇いなく、赤いスイッチを、強く押した。その瞬間、了の心臓機能は停止した。同時に、自転車のカギが、ポトリと落ちた。

二〇三〇年、十二月二十三日。午後一〇時一五分。池田了。実験終了。

6

アッという間に夜が明け、朝を迎えた。胸騒ぎを覚えたのは、敷地内に数台の公用車が停まっているのを見てからだった。

「まさか……」

昨日の今日だ。咄嗟に浮かんだのが、池田の顔だった。洋平は走り出していた。靴を履き替え、着替えもせずに地下へ向かおうとした。その時だった。階段から、堺が部下を引き連れ上がってきたのだ。その瞬間、全身から一気に力が抜けた。

まさか、本当に……。

こちらに気づき、堺の眉がピクリと反応する。

「おはよう南君」

　堺は、いつもと変わらぬ挨拶をしてきた。

「本部長……」

　すると堺は、こう言った。

「昨夜、池田了がスイッチを押したよ。最愛の友の死が原因だと我々は判断した。急なことだったんで私も驚いたよ」

　目の前が真っ暗になった。堺はニヤリと右上唇を浮かし、洋平の肩を軽く叩いた。

「いずれはこうなるんだよ。まあ国のためだ。仕方ないだろう」

　洋平は頭も下げず、地下に急いだ。すると、スーツを着た中年の男たちが数人、池田の個室の前に立っていた。YSC本部の連中だ。普段、こんなことはない。七年もいた実験台の死を聞いて、やってきたのだ。興味深そうに話している。

　池田に何があったのか察知したのだろう。高宮の個室からは泣き声が、新庄の個室からは叫び声が聞こえる。

「おい！　開けろ！　開けろよ！　了がどうしたってんだよ！」

　洋平は男たちをかき分け、個室に入った。中は、もぬけのからだった。机も、布団も片づけられている。洋平は、膝からガクリと落ちた。

「君は監視員かね？」

上の者に聞かれても、答えられなかった。洋平は、放心状態に陥る。

池田……。

本当に、押してしまったのか……。

『俺は、大丈夫だから』

昨日、そう言っていたのに。今でも彼が、スッと現れそうな気がしてならなかった。

背後に、気配を感じた。振り返ると、そこには同僚の泰守人が立っていた。廊下にはもう、国の連中はいなかった。洋平は、何とか立ち上がった。

「驚いたよ。池田がスイッチを押したって聞いた時は」

洋平はある事を思い出し、泰に詰め寄った。

「そうだカギ……自転車のカギありませんでしたか。彼が大事に持っていたものなんですよ！」

泰は、取り乱す洋平の肩を摑んだ。

「落ち着けって」

その言葉で洋平は我を取り戻す。

「あったよ。床に落ちていた。恐らく、衣服と一緒に家族に送られるだろう」

施設での生活で、皮膚や内臓にも変化があったのか調べられた遺体は、センター専用の火葬場で茶毘に付される。心臓に取り付けられている機材の仕組みを知られないためだ。

そのため家族は、遺体を一目見ることもできない。その代わり、被験者が施設に収容された時着ていた洋服を届けるのだ。

「そうですか……」

「池田は最後に、みんなありがとう、と書いていたよ」

「……池田」

洋平は、やるせない気持ちで一杯になった。

「辛(つら)いだろうけど、慣れるしかないんだ。そういう仕事なんだから」

そう言い残し、泰は個室から出ていった。洋平は、ガクリと項垂(うなだ)れた。地下には、高宮の泣き声と、新庄の叫びが響いていた。

池田がいなくなっても、一日の流れは同じだった。彼らに朝食を配ったのは、泰だった。その間ずっと、洋平はレストルームにいた。池田のことが頭から離れない。悲しみと、悔しさが溢れていた。彼は、これ以上生きていても意味がないと思い、押したのだろうか。屋上で話している時、すでに決めていたのだろうか。

午後一時の合図で、現実に引き戻される。洋平は、重い足取りでL室へ向かった。

廊下にまで、高宮の泣き声は聞こえていた。彼らと顔を合わすのが、辛かった。

「ナンちゃん……」

高宮の目からは大量の涙がこぼれている。洋平は頷き、部屋の後ろに立つ。声をかけてやる元気が、出てこなかった。小暮は悲しそうに、外の景色を眺めている。池田との生活を思い返しているに違いなかった。

突然、新庄が拳を思い切り机に叩きつけた。そして、大声を張り上げた。

「俺のせいだ。俺が了に、どうにもならないなんて言ったから！」

新庄は、何度も何度も拳をぶつける。

「俺がもっと、優しい言葉をかけてやれば、了は死なずに済んだかもしれないのに！　仲間なのに俺は……」

そう言って、新庄は泣き崩れた。責任を感じている彼に、洋平は声をかけた。

「君のせいじゃない。自分を責めないでくれ。池田は最期、君たちに、ありがとうと」

すると新庄は、キッとこちらを睨んだ。

「じゃあお前が、了を生き返らせてくれんのかよ！」

「亮太！　やめて！」

すかさず高宮が止めに入る。洋平は答えられない。

「お前ら大人のせいで、了は死んだんだよ！」

「お願いだからやめてよ！」

新庄は力無くこう呟いた。

「俺たちだっていずれ、このまま死ぬんだ。いくら夢見たって、結局はここで。了だってそうだったじゃねえか」

室内が、静まり返った。

その時、さまざまな声が脳裏に蘇ってきた。

『結局彼らを待っているのは死だけなんだよ』

『いくら生きてもこの先、何もない』

これが、現実。段々と怒りがこみ上げる。

しかし、新庄の最後の言葉が、洋平の胸に突き刺さった。

「お前がどうにかしてくれんのかよ！」

そう叫び、新庄は部屋から出ていった。泰が後を追っていく。

俯いた洋平は、ポツリと呟いた。

「……俺は」

高宮、小暮の顔が瞳に映る。

どうすればいい……。

もう我慢の限界だった。洋平の頭に突然、ある思いが芽生えた。

洋平は何かに取り憑かれたかのように視線を落としたまま呟いた。

「……分かったよ」

七年間一緒だった池田了の死は、三人に大きなショックを与えた。一日中、室内は高宮の泣き声に包まれていた。彼らの悲しむ姿を見つめる洋平は、さまざまな思いを抱いていた。

『アンタを信じてもいいのかよ』

あの日の言葉が、胸に響く。

手紙なんかじゃなく、喋りたかったろう。会いたかったろう。結局は力になってやることができなかった。こんな自分を信じて頼ってくれたのに……。

彼はもう、戻ってこない。

己の無力さに腹が立った。力になりたいと思っていながら何もできなかった。八王子にいた時もこんなことの繰り返しだった。気が付くと幼い命が奪われていった。このままでは、同じ結果が待っているだけ。

それでいいのか。

彼らにも池田のように、生きている理由がある。施設になんていたら、先は見えない。いずれは彼のように……。

『お前がどうにかしてくれんのかよ!』

自分自身が嫌になった。今まで抑えてきた感情が堰を切ったように溢れ出した。

気がつくと、アパートの部屋をめちゃくちゃにしていた。息を切らして立ちつくす。

『死ぬしか道がない彼らを、君は監視すればいい』

堺の言葉を思い出し、洋平は拳を強く握りしめた。

「……くそ」

もう、限界だ。何が実験だ。法律だ。これ以上、後悔したくない。してはならない。

今自分にできることは何か。

そう、彼らを助けることだ。被害者は全国にいる。それは分かっている。しかし、自分一人ではどうにもならない。だからせめて、あの三人だけでも……。

もし、彼らに今しかできないことがあるのなら、叶えてやりたい。

この先、死しかないのなら。いや、待っているのは悲惨な結果だけだろう。だったら……。

「ごめん……池田」

決心は、ついていた。国の命令にはもう従わない。

これしか、道はない。

洋平はスーツの内ポケットから一枚の写真を取り出し、しばらくの間、見つめた。

「復讐だよ……」

洋平はこの夜、行動に出ようとしていた。

池田の死が、洋平、そして三人の運命を大きく変えたのだった。

カウント2

午後一一時三〇分。真夜中の空をうっすらと照らしていた満月が、雲に隠れようとしていた。

辺りが寝静まった頃、横浜センターの近くに、一台のワゴン車が停車した。ドアが開き、バタンと閉まる。暗闇から、黒い帽子に青いダウンジャケット、そしてジーパン姿の男が近づいてくる。門の前に立っていた二人の監視員のうちの一人が、

「何か？」

と言って、懐中電灯の明かりを、男に向けた。その瞬間、監視員たちは安堵（あんど）の息を吐く。

「何だ南か。どうしたこんな時間に？　何かあったか？」

躊躇（ためら）っていた洋平の顔が、狂気に変わる。

「お、おい？　どうした」

そして、右手に隠していたスパナを振り上げ、有無を言わさず監視員の頭を殴りつけた。そしてすぐさまもう一人。

「み、南……お前」

「な、何を……」

監視員たちは呻き声を上げ、その場に倒れ込み、気絶した。興奮していた洋平はおぼつかない手で、一人の男の腰から電子警棒を奪い取った。そして、無我夢中で入り口に向かって走った。

この施設から、彼らを連れ出すために。

もう少しだ。待ってろ。

肩で息をしながら、扉に堺からもらったカードを差し込む。寒さのせいか、それとも興奮しているせいか、手がガタガタと震えうまく入ってくれない。大きく息を吸い込み、再度試みるとようやく扉を開けることができた。靴のまま、暗闇の建物内に入る。暴れる心臓を必死におさえ、地下を目指す。そして、階段を一歩下りたその時だった。二階の方から、足音が聞こえてきた。洋平は階段から離れ、トイレに忍び込む。顔をそっと出すと、監視員が地下へと下りて行くのが分かった。洋平はドッと息を吐き出し、次の機会を待つ。すぐに、先ほどの監視員は上がってきた。そして再び、階段を上っていった。

今しかない。

息を殺し、足音を立てないように、洋平はそっと地下へと下りていく。高宮の個室を目にした途端、さらなる緊張が重くのしかかった。

落ち着け。自分にそう言い聞かせ、扉の前に屈み、暗証番号を入力し、カードを差し込んだ。その時だった。

警報装置が作動したか。施設全体に、警報ベルが鳴り響いた。

「くそ！」

もたもたしてはいられなかった。洋平は勢い良く扉を開く。布団の上に正座している高宮が、ハッとこちらを振り返った。

「ナンちゃん……」

何が何だか分からないといった様子の高宮に、洋平は急いで指示した。

「自分のスイッチを持て！　ここから逃げるんだ！　さあ早く！」

隣に移動した洋平は震える手でカギを開けた。新庄は何事かと立ち上がっていた。混乱していた新庄は洋平と目があった瞬間、意外そうな声を洩らす。

「お、お前……なんで」

「話は後だ！　とにかくスイッチを持て！　逃げるんだ！　早くしろ！」

最後に小暮の個室の扉を開けた。足の不自由な彼は、上半身を起こしてキョロキョロと部屋を見渡していた。

「逃げるぞ小暮！」

そう言って、車椅子を近くに置き、小暮の身体を強引に持ち上げ、座らせた。

「スイッチは！」

洋平の迫力に圧倒された小暮は、慌てて机を指さした。引き出しの中から、彼のスイッチを取り出し、車椅子を押して廊下に出た。しかしまだ、高宮と新庄が個室から出ていない。二人はまだ、中にいた。両方、手にはスイッチを持っていたが、一歩が踏み出せないといった様子だった。

「行くぞ！　早く！」

「早くしろ！」

彼らの足は、動かない。

洋平の勢いに後押しされ、二人はようやく個室から出た。

「ナンちゃん？」

何か言いたそうにしている高宮の言葉を遮り、

「行くぞ」

と、洋平は小暮の車椅子を押して走り出した。が、間に合わなかった。一人の監視員が地下に下りてきてしまったのだ。

「誰だ！」

四人に、光が当てられる。眩(まぶ)しさのあまり洋平は目を手でおさえる。

「南！　お前ら！　何してる！　ただで済むと思うな！」

もう後には引けなかった。洋平はゆっくりと監視員に歩み寄り、抵抗にあうと思っていなかった監視員の隙をつき、電子警棒で思い切り腹部を殴りつけた。電流が監視員の全身を襲う。

「み、南……」

一万ボルトの電気を受けたにもかかわらず、辛うじてまだ立っている監視員に、もう一発振り下ろした。二度目で、バタリと廊下に倒れた。

「ま、待て……」

洋平は足を掴まれる。

「は、離せ！」

振り払うと、監視員の手がスルリと落ちた。

「さあ急げ！」

高宮と新庄は階段を、洋平は車椅子専用のスロープを上り、一階に着いた。

もう少し！　だが、全力で走る三人はビクッと立ち止まった。出入り口付近で、大きな影が行き先を塞(ふさ)いでいたのだ。

突破するのみ。洋平は三度電子警棒を握りしめた。その時だ。あの男の呆(あき)れた声が聞こえてきたのだ。

「久しぶりの夜勤、と思った矢先にこれだよ全く……」

暗くて顔は見えないが、前方にいるのは坂本だった。

「昨夜、池田が死んだんだってな。だからこんな制度に嫌気がさして脱走か？」

坂本の声に金縛りとなる。

警報ベルは鳴り続いている。急がなければならないにもかかわらず、洋平は一歩が踏み出せなかった。ついこの間まで、ずっと行動を共にしてきた男だからだ。

「こんなことしたって、何の得にもならねえぞ？　犯罪者になるだけだ。ただじゃ済まされねえぞ。殺されるかもしれねえ。お前だって知ってるだろ。過去にも他の施設で同じことをしようとした奴らがいた。失敗したとはいえ、そいつらは処刑だった」

ピシャリと血が飛び散る画が目に浮かび、洋平は一瞬の躊躇を見せた。が、力強く一歩を踏み出す。

「そ、そんなこと知ったこっちゃない。どいてください。坂本さん」

「でも」

坂本の口調が、急に真剣になる。

「もう遅い。ここまでやっちまったんだからな」

何が、言いたい？

坂本は、出入り口付近から身を引いた。

「行けよ。見なかったことにしてやる。そのかわり俺には関係ねえからな。それに、どうなっても本当に知らねえからな」

意外な言葉に洋平は拍子抜けする。

「坂本さん……」

「俺らとは違って、お前はそいつらのことばかり考えてたからな……変な奴とは思ってたけど」

立ち止まっている洋平に、坂本は言い放った。

「行け！　早くしないと警察が来るぞ！」

その声でハッと我に返る。

「急ごう！」

洋平は車椅子を押し、高宮と新庄を連れ、再び走り出した。坂本とすれ違う際、小さく頭を下げた。

「ありがとうございます」

「いいから早く！」

グラウンドに出た洋平たちは必死になって駆け抜ける。警報ベルは、遠くの方まで響いていた。屋上に灯（とも）っている赤色灯が派手に回転している。

「どうやって逃げるのナンちゃん」

高宮の問いに、前方を向いたまま洋平は答える。

「近くに車を停めてある」

障害者用のレンタカー。それに乗れば何とかなる。

暗闇の中から、門が見えた。

「もう少しだ！　頑張れ！」

やっとの思いで敷地から出た洋平たちは、エンジンをかけたままのワゴン車を目指す。

「あれだ！」

車に到着したからといってまだ安心はできなかった。小暮を乗せなければならない。それに、門の近くには二人の監視員が倒れているのだ。まだ意識を失っているとはいえ、もたもたしてはいられない。

「新庄！　手伝ってくれ」

「お、おう」

二人がかりで小暮の身体を持ち上げ、助手席に座らせた。洋平の指示で、高宮が車椅子をたたみ、後ろにしまう。

「さあ乗れ！」

運転席に移動し、洋平がドアを開けようとしたその瞬間、目の端に、ヨロヨロとこちらに走ってくる一人の監視員の姿が飛び込んできた。

「南……待て」

「早く乗れ!」

洋平は二人に命令し、電子警棒を取り出す。両手を広げ、覆い被さるように迫ってきた監視員の肩を、もう一度殴りつけた。放電される感触が、右手に鋭く伝わる。倒れた監視員は、動かない。

死んだのか……。

急に震えが襲ってきた。手から、電子警棒が離れる。金属音が、周囲に響く。

足元の監視員を数秒観察し、洋平はとりあえず安堵の息をついた。微かに、胸の辺りが動いている。

ナンちゃん早く!

車内から高宮の声が聞こえた。

洋平は頷き、ドアを開けて運転席に座る。バックミラーには監視員の姿が映っている。

後部座席に二人がいることを確認し、サイドブレーキを降ろし、シフトをパーキングからドライブに入れた。そして、思いっきりアクセルを踏んだ。タイヤの鳴く音。急加速した車は、施設を遠ざかった。

だが、まだ逃げ切ってはいなかった。

反対車線から、パトカーがやってくる。このワゴンに乗っていることは分かっているようだった。

パトカーが、停車した。中から、三人の警官が降りてくる。

洋平たちの行く手が、塞がれてしまった。

「ナンちゃん」

高宮の怯える声。洋平は、ブレーキに足を持っていき、引っ込めた。止まる訳にはいかない。逆に、アクセルを踏み込む。

警官が銃を取りだしても、洋平は怯まなかった。クラクションを鳴らし続ける。だが、警官はどかない。

「轢いちゃうよ！」

洋平は、目を瞑っていた。ギリギリのところで、三人の警官は同時に道端に跳んでいた。

バックミラーに映る赤い回転灯が、急速に遠ざかった。

三十分は無我夢中で車を走らせた。ひとまず安心した洋平は、大きく息を吐いた。

無言の車内。パトカーが完全に見えなくなった時、新庄が口を開いた。

「逃げたはいいけど、これからどうすんだよ。それにどうして」

彼とまともに喋ったのは、これが初めてだった。洋平はただこう言った。

「みんな行きたい所があるだろうが、捕まったら意味がない。まずは遠くへ行こう。考えるのはそれからだ」

新庄は、納得した。

「……分かったよ」

後ろから追いかけられていないか、バックミラーで確認する。洋平は、その動作をしきりに繰り返した。

「まさかこうして、敷地内から出られるなんて……」

寂しげに呟いた高宮が、

「あ！」

と突然大きな声を上げた。

「何だよ」

尋ねる新庄に、高宮は嬉しそうに答えた。

「雪だ！」

「本当だ……」

空から、ほんの小さな雪が、チラチラと降りてきた。

その雪を見て、洋平は初めて気づいた。

今日、全世界が一年のうち一番幸せになれる日。クリスマスだということを。

またもや、反対側の車線をサイレンを鳴らした数台のパトカーが走ってきた。その瞬間に、車内は現実に引き戻される。

「大丈夫？」

不安そうにしている高宮に洋平は強く頷いた。

「心配するな」

ミラーを一瞥（いちべつ）すると、新庄と目が合った。彼はしっかり、前を見据えている。気の弱い小暮もそうだった。現実と向き合うかのように、顔を上げている。

洋平もただ前を見つめ、ハンドルを握りなおした。

世間が幸せな時間を過ごしている中、四人はひたすら、遠くへと逃げていた。

1

長い夜が、明けようとしていた。雪がちらつく都会から離れた四人は、群馬県吉永（よしなが）村という、ナビにも細かい地図が表示されない、山あいの片田舎の廃校にいた。夜通し走り回っていた四人の疲労もピークに達し、目立たない所に停車させようと適当な場所を探していた時、小さな小さな廃校を見つけたのだ。どの窓にもカーテンはなく、教室にも机やイスが全くない。この校舎は現在、使われていないと判断した洋平は、ガラスを割って中に忍び込み、ここにしばらく身を隠そうと決めた。

四人は、一階の教室で眠っていた。窓から差し込む陽の光で目を覚ました洋平は、小さく身を縮めた。あまりに疲れていたのでグッスリと眠れたが、寒い。布団は勿論、毛布一枚ないのだから。

洋平は、三人を見つめる。みんな、寝息を立てて眠っている。寝顔を見て思った。十七とは言っても、まだまだ幼い。身体は成長しても、世間を見てこなかったせいか、心の中は子供。

教室を後にした洋平は廊下を歩き、校舎から出た。そして、グラウンドの脇に建つ倉庫に隠すように停めている車に乗り込み、ラジオをつけた。聞いたこともない曲が流れる。洋平はボタンをいじらず、しばらくそのままにしておいた。すると、アナウンサーが言った。

『ニュースをお伝えします』

洋平は背筋を伸ばし、聞き入る。自分が関わっている事件が、一番最初に伝えられた。

『昨夜十一時半頃、YSC横浜センターから、三人の子供が同センターに勤務する監視員と共に脱走するという事件が起こりました。神奈川県警は現在、彼らの行方を追っています。

過去にも二度、同じような事件がありましたが、いずれも未遂に終わっています。子供たちが連れ出されたのは、今回が初めてです。監視員の名前は南洋平、二十七歳。南容疑者は監視員から電子警棒を奪い、三人の子供を連れだして、白いワゴン車で逃走中です。子供らの名前は、高宮真沙美、新庄亮太、小暮君明。彼らは二〇二三年四月に横浜センターに収容され……』

そこで洋平はラジオを切り、車から降りた。

容疑者……。

思った通りすでに大騒ぎになっている。テレビでもニュースが流れているに違いない。今は市民の目も無視できない。やはり、もうしばらくは身を隠していた方がいいだろう。

校舎に戻った洋平は、三人のいる教室に入る。高宮と、小暮が目を覚ましていた。寒そうに身を縮めている。

「おはようナンちゃん。どこに行ってたの？　いないから探しちゃったよ」

心配させたくなかったので、車でラジオを聴いてきた、とは言えなかった。

「ちょっと外にな」

「そう」

「それより寒いな」

そう言うと、高宮は小暮を見ながら答えた。

「私たちは慣れてるから。個室には暖房なんてなかったし」

洋平は、言葉に迷う。

「でも、変な感じ。いつもは起きると狭い部屋で独りぼっちだけど、傍に亮太と君明くんがいるんだもん。今まではこんなことなかったから……」

暗い雰囲気を明るくさせようと、洋平は話題を変えた。

「お腹空いたろ。新庄が起きたら食料や必要な道具を買いに行こう。それと、洋服や毛布も。ジャージのままじゃまずいからな」

「うん。分かった」

高宮に笑みが戻った。小暮はずっと外を眺めていた。絵を描きたいのだなと、洋平は思った。

三十分後、新庄が目を覚ました。ボサボサになった頭をボリボリとかきながら、豪快にあくびする。自分が施設から脱出したことに、まだ慣れていない様子だった。教室を見渡し、そうか、と呟いた。

「おはよう」

と声をかけると、新庄は頷いた。

「食料と服を買いに行こう」

そう言うと新庄は、

「ああ……」

と短く返事をし、目をこすりながら立ち上がった。洋平が小暮の車椅子を押し、四人は外へ出たのだった。

走り出してから二十分。まだ、街は見えてこない。山、畑、川しか見えない。窓から外を眺めていた高宮が退屈そうに呟いた。

「なんか本当に田舎だね。さっきからずっと同じ景色」

「そうだな」

「でも、自由になれたんだよね私たち。ナンちゃんのおかげで」

施設を飛び出し、必死になって走る映像が蘇った。

「自由な生活が当たり前なんだ。この国がどうかしているだけだ」

「そうだけど、嬉しいよね？　亮太」

突然訊かれた新庄は困った仕草を見せ、

「あ、ああ」

と答えた。洋平は、優しい笑みを浮かべた。廃校から車を走らせること一時間三十分。ようやく大通りに出た。とはいえ、都会と違ってさまざまな店があるわけではなく、苦労してようやく全国に展開している郊外型洋品店を発見した。

「ここで洋服を買って着替えよう」

駐車場に車を停め、中に入った。

「いらっしゃいませ」

若い店員の威勢の良い挨拶が店内に響く。しかし、彼らの恰好を見て、怪訝な表情を浮かべる。事件のことを知っているだろうか。テレビのニュースでは、顔も映し出されているのだろうか。

「早く着替えて出よう」

洋平たちは、全ての店員から視線を感じた。朝早いこともあり、店内に他の客がいないので余計目立っていた。

「ねえナンちゃん。好きなの選んでいいの？」

洋平は周りを気にしながら答えた。

「ああ。でも早くな。帽子も選んでおけよ」

「分かった」

高宮は楽しそうにレディースコーナーに走っていった。洋平は、小暮と一緒に店内を回る。自分では決められない様子だったので、彼の服は洋平が選んだ。

「これなんかどうだ？ 似合いそうだが」

洋平が指を差したのは白のタートルネックのセーター。小暮は、首を縦に動かした。その上には、フードのついた黒のダッフルコート、下は青のジーンズ、帽子は薄茶色のニット帽に決めた。

すぐにレジに向かいたかったが、二人はまだ選んでいる。仕方なく、先に小暮の服を会計することにした。

「一万六〇〇〇円になります」

財布から現金を取り出し、カウンターに置く。もう一人の店員が袋に詰めようとしていたので、

「ここで着替えます」

と言った。

「さあ行こう」

車椅子を押し、試着室へ向かう。その途中、まだ選んでいる高宮に財布を渡した。

「決まったら、新庄と一緒にこれで払ってくれ。それと、早くな」

「分かってるって」

服に夢中になっている高宮にはあまり聞こえていないようだった。店員に通報されるのではないかと心配ではあるが、嬉しそうな顔を見ると、あまり強くは言えなかった。

狭い試着室で小暮のジャージを脱がし、洋服を着せてやった。

「なかなか似合うじゃないか」

そう言うと、小暮は少し照れくさそうな表情を浮かべた。試着室から出ると、二人は会計の最中だった。洋平は、店員のいない場所で高宮と新庄が着替え終わるのを待った。

五分後、先に新庄がやってきた。

「おう。いいじゃないか。恰好いいよ」

「そうか？」

胸のあたりに雷のマークが入った黒のパーカーの上には、白いダウンジャケット。下はだぼついた青黒いジーパン。頭には、つばのついたオレンジと白の帽子。

「それより高宮はまだか？」

「そろそろ来るだろ」

と、新庄が言ったと同時に、後ろから声がした。

「お待たせ」

振り向くと、着替え終えた高宮が立っていた。

「やっぱ女の子だ。洋服だけで別人に見えるな」

胸に数字の入ったピンク色の厚手のシャツに、毛のついたフードつきの薄茶色のジャンパー。下はピッチリとした白のパンツ。頭には、てっぺんに小さなボンボンがついた毛糸の白い帽子。

「ちょっと変だったかな？」

洋平は微笑む。

「そんなことないよ。なあ？」

新庄に意見を聞くと、彼はなぜか固まってしまっていた。注目されていることにようやく気づき、

「お、おう」

と慌てて返事する。

「よかった〜」

高宮は安堵の息をつく。洋平は真剣な顔つきで言った。

「よし出よう。店員が怪しんでる」

洋平たちは足早に店を後にした。車に乗り込み、エンジンをかける。

「次は食料を買いに行こう。着替えたし、帽子を被っているから、これで変な目で見られないで済む」

洋平はハンドルを握り、アクセルをゆっくりと踏んだ。

スーパーを見つけるのに、二十分はかかった。大型店なので、必要な物は全て調達できるだろう。車を駐車場に停めるまで、高宮と新庄は自分の恰好に見とれていた。やれやれ、と思いながら声をかけた。

「ついたぞ」

車から降りた四人は、まず食料を選んだ。廃校で作れる食事を考えながら、次々と手に取っていく。水の入ったペットボトルも大量にカゴに入れた。高宮の希望で、お菓子、そ

して一〇〇円均一に置いてあったトランプも購入することにした。

洋平は、こうしていつまでも平和な時間を過ごせればいいのにと、買い物をしながら思っていた。

「とりあえず、こんなもんか」

レジに向かおうとしたその時、高宮が言った。

「今日は、クリスマスじゃん。小さいケーキでもいいから、買っていこうよ。毎年、ずっと寂しかったから」

洋平は、彼女の顔を見つめながら頷いた。

「ああ。そうだな」

レジを済ませ、駐車場に向かう途中、洋平は立ち止まった。

「どうしたの？　ナンちゃん」

二階の案内掲示板に、文房具と書かれてあるのだ。

「絵、描きたいだろ？」

小暮に尋ねると、彼は頷いた。

「よし、行こう」

四人はエレベーターに乗り、二階へ到着した。ノート、画用紙、色鉛筆を手に取っていく。まだ何か足りないと感じた洋平は閃いた。絵の具を、買ってやることにしたのだ。すると小暮が、口を開いた。

「ありがとう」

彼の声を聞いたのは二度目だった。一度目も、同じ言葉だった。

「これでもっと上手な絵が描けるな」

道具一式を購入した四人は、改めて駐車場に向かったのだった。

ラゲージスペースに大量の荷物を積み、洋平は運転席のドアを開けた。カギを差し込み、エンジンをかけると、ポケットにある携帯電話が鳴った。

「誰から？」

後ろから高宮の声。洋平は、液晶画面を見て固まってしまった。いずれかかってくると思っていた。

堺からだ。自らの居場所を明らかにするナビシステムはオフにしてある。洋平は迷ったあげく、通話ボタンを押した。

「もしもし？」

長い沈黙が続く。緊張する洋平は、自分を落ち着かせる。

「私だ」

堺はあくまで冷静だった。

「とんだことをしてくれたね南君。世間は今、大騒ぎだよ」

「知っています」

「私を裏切るとはね」

「僕はただ、後悔したくなかっただけです」

「施設に戻るんだ。今ならまだ間に合うよ」

洋平は、躊躇(ためら)うことなくこう言った。

「お断りします」

「そうか。残念だ」

「あなたの命令には、もう従わない」

一つ息を吐いた堺は、こう忠告してきた。

「いいか？　いくら逃げ回っても、いずれは捕まる。覚悟しておくんだな」

そこで通話が切れた。洋平は、何事もなかったかのように携帯電話をしまう。

「どうしたの？」

心配する高宮に、洋平は首を振りながら答えた。

「なんでもない」

スーパーの駐車場を出た洋平は、来た道を戻り始めた。最初の信号待ちをしている時、車の横に、白バイが停まった。

「普通にしてろ」

と、洋平は三人に指示する。車内は張りつめた空気に変わる。一瞬たりとも気を抜けなかった。

ようやく青になると、警官は走り去って行った。

「危なかったね」

と高宮が声を洩らす。洋平は、改めて思った。身体は自由になっても、これからはビクビクしながら生活していかなければならない。

『いずれは捕まる』

堺の言葉が、重く響いていた。

一方その頃、本部長室にいた堺は、窓からの景色を眺めながら、脱走した彼らのことを考えていた。

扉が、トントンと叩かれた。

「はい」

返事をすると、部下である平山が入ってきた。

「失礼します」

彼に背を向けたまま、

「どうした」

と訊く。平山は慌てながらこう言った。

「本部長。これは前代未聞です」

「何がだ？」

「脱走事件のことですよ！　未だに行方が摑めていないそうです！」

「平山。落ち着け」

「いやしかし！」

「まあいいじゃないか」

堺の意外な言葉に、平山は拍子抜けする。

「私の思っていた通りだ。あの南という男、いずれ脱走くらいはするだろうと考えてはいたよ。その時がきただけのこと」

「は？」

「どういう、意味です？」

「心配するな。上には私が責任を取ると言ってある」

平山には、よく理解ができなかった。

「本部長？」

「面白くなってきた。私たちは、高みの見物といこうじゃないか」

堺はそう言って、鼻で笑った。

2

廃校に戻った四人は昼食を摂(と)った後、それぞれ別行動を取った。洋平は現在の状況を把握するために車のラジオをずっと聞いていた。高宮は夕食の下準備をし、小暮はグラウンドで風景画を描き、新庄はずっと、教室の中にいた。五時を過ぎると辺りが暗くなり始め、四人は夜を迎えた。

グラウンドに集まった四人は火をおこし、米を炊き、野菜を切り、カレーのルーを鍋(なべ)に溶かした。

高宮ができあがったカレーを、紙皿に取り分けてくれた。牛肉、ジャガイモ、人参、タマネギ、全ての具が大きかった。

「さあみんな食べよう！」

高宮の嬉(うれ)しそうな声がグラウンドに響く。四人は火を囲んで一緒に食べた。洋平が好きな、甘口のカレーだった。

「うまい」

洋平はみんなにそう言って、微笑んだ。高宮も、新庄も、小暮も、満足そうにしていた。

洋平たちは、楽しい一時を過ごした。

夕食を終え、周りの物を片づけた後、四人は教室に戻り、一本の太いローソクに火をつけた。弱い灯りが教室に広がると、四人の影が壁に大きく映った。高宮が、袋からショートケーキを取り出した。そして一人ひとりに配っていく。教室は妙に、静まり返っていた。全員が幼い頃のクリスマスの記憶を、思い出していた。

高宮が、沈黙を破った。

「クリスマスなのに、何か暗くなっちゃったね」

洋平には、返す言葉が思いつかなかった。高宮は悲しそうにこう呟いた。

「了も、連れてきてあげたかったね」

ケーキを見つめながら、新庄が口を開く。

「そうだな……」

洋平は、顔を上げられなかった。そして出てくる言葉は、言い訳だった。

「俺がもっと早く、お前らを連れ出していればな」

「ナンちゃんは悪くない。了がいないのは辛いけど、幼なじみが死んじゃったんだもん。仕方なかったんだよね」

新庄は、頷く。

「了は毎日、その子のことを気にしてたからな……」

「了が書いた手紙、幼なじみには渡せたんでしょ？」

高宮に訊かれ洋平は、

「ああ……それは」

と答える。

「それだけでも、了はナンちゃんに感謝してると思うよ」

そう言われても、洋平の中にある罪悪感は消えなかった。

高宮が、暗い雰囲気を明るくさせようと元気に声を上げた。

「さあ食べようよ！」

「そうだな」

洋平は笑みを作り、ケーキを一口食べた。

「おいしぃ。ケーキ食べたのなんて何年ぶりだろ～」

高宮の顔が綻ぶ。新庄は無心になって食べる。小暮は丁寧に切って口に運ぶ。

「ナンちゃんは子供の時、どんなクリスマスだった？」

突然の質問に、洋平のフォークがピタリと止まる。

「俺は……家族と一緒に、こうしてケーキを食べたかな。翌朝起きると、プレゼントが置いてあったよ」

「いいな～私にはあまり、クリスマスの思い出がないよ」

新庄と小暮は？　とは訊けなかった。横で聞いていた新庄が、ふとこう洩らした。

「母ちゃんと圭吾、今ごろ何してるかな」

「え？」

と、新庄の顔を見ると、彼はハッとなり、ケーキを食べてごまかす。

洋平は、新庄が書いたノートを思い出す。そこにも母親と弟のことが……。

「気になるよな。家族が」

そう訊くと、新庄は素直に頷いた。そして、語り始めた。

「弟は、心臓に重い病気を抱えているんだ。だから外で遊ぶこともできない。だからほとんどがベッドの上での生活だった」

「そんなに、悪いのか？」

「ああ。ただ安静にしていれば、大丈夫なんだけど」

「治らないのか？」

新庄は残念そうに首を振った。

「医者は、無理だって。だから俺は決めてたんだ。自分が医者になって、弟の心臓を治すって。でも……」

「そうか」

「家には父親がいない。圭吾が生まれる前に離婚したそうだ。だから母ちゃんが働いて、その金だけで生活してる。薬代だってばかにならねえ」

「きっといつか、良くなるよ」

洋平には、こう言うしかなかった。

「ああ……」

それ以上は訊かなかった。四人はただ黙って、残りのケーキを食べた。

それから時間はアッという間に過ぎた。十時半には、全員毛布にくるまって横になっていた。洋平は、これからのことをずっと考えていた。すると、隣の高宮が声をかけてきた。

「ナンちゃん？　起きてる？」

「ああ」

高宮は床に肘を立て、両手の上に顔を載せてこう言った。

「都会と違って、空が綺麗だね。星もいっぱい見えるし」

洋平は身体を窓に向ける。

「ああ」

「どうして私たちと逃げたの？」

咄嗟の質問に、洋平は口ごもる。

「言い方は悪いけど、ナンちゃんには関係ないのに」

洋平は空を見つめながら答えた。

「お前たちを助けてやりたかったんだ」

高宮は小さく笑った。

「変なの。監視員なのにね」

洋平は苦笑する。

「そうだな」

高宮の口調が、急に深刻に変わった。

「今はこうして隠れてられるけど、いつか私たち、捕まっちゃうのかな。それにナンちゃん、殺されちゃうかもしれないよ……。坂本監視員が言ってたもん」

洋平は彼女の不安を消すように、強く言い聞かせた。

「大丈夫。心配するな」

「こんな制度がなければ、誰も不幸にならずに済んだのに……」

「もういい。さあ寝よう」

「……うん。おやすみ」

そうは言っても、頭の中で整理はできていないようだった。

「おやすみ」

洋平は、三人の寝顔を見つめる。

そうだ。こんな制度がなければみんな幸せに暮らしていられたんだ。

洋平はこの夜、なかなか寝付くことができなかった。

3

脱走事件から三十五時間。未だ洋平たちの手掛かりを得られない神奈川県警は捜査員を増やし四人の逮捕に全力をあげていた。国中が、この事件に注目していた。四人の名前と顔は、全国に広まった。

その頃、廃校に身を隠していた洋平たちは、穏やかな日差しを浴びながら静かな時を過ごしていた。朝の八時半に全員が目を覚まし、輪になって朝食を摂った。食パン二切れと牛乳だけで、お腹は満たされた。洋平は、警察が今自分たちの情報をどこまで入手しているのかずっと気になっていたが、表情には一切出さなかった。自分の不安をかき消すように、小暮に、あとで一緒に絵を描きに行こうと言っていた。そして、高宮と新庄も行こうと、笑顔を見せた。

三人よりも早めに朝食を終えた洋平は、先にみんなで絵の準備をしていてくれと言い残し、車に走っていた。ラジオをつけてから十五分後、ニュースが伝えられた。

洋平は、アナウンサーの言葉を聞き、ひとまず安心した。四人の行方は摑めない。警察は、市民にも協力を呼びかけている、とのことだった。

誰もこんな山村の廃校に隠れているとは思わない。洋平は自分にそう言い聞かせ、安心させたのだった。

車から降り、グラウンドに向かうと、画用紙に筆で絵を描く小暮と、その隣で、まるで助手のようにパレットを持つ高宮がいた。二人とも楽しそうだ。

新庄は？　と探すと、彼は校舎の近くにあるペンキのはがれたベンチに座り、二人を眺めていた。

彼の近くに行くまではそう思っていた。しかし、どうやら新庄の視線は、高宮だけに向けられているようだった。洋平がそばに立っても、彼は気づかない。しばらく様子を窺い、後ろから声をかけた。

「彼女のことが気になるのか？」

新庄は過敏に反応し、ムキになって否定した。

「そ、そんなんじゃねえよ！」

「そうか。悪い悪い。そんな怒るなよ」

そう言いながら新庄の腕を軽く叩く。彼は口を尖らせたまま背中を向けた。

高宮の楽しそうな声が聞こえてくる。

「よし、俺も行こうかな」

洋平が言ったその時、二人を見つめながら新庄は、口を開いた。

「俺は、アンタがよくわかんねえよ。他人だっていうのにここまで」

「そのことはもういいじゃないか」

「俺は」

急に新庄は、弟のことを語りだした。

「圭吾のことをまず第一に考えてきた。まともに学校も行けず、寝たきりの圭吾のそばにずっといた。圭吾が苦しそうにしているのを見ると心配でたまらなかったし、テレビを観て笑っている姿を見ると嬉しくなった。そして毎日、病気が治るのを祈っていた」

「優しいんだな。君は本当に」

「兄弟なんだから当たり前だよ」

「……そうだな」

「アンタがわからないって言ったけど、もし」

突然、決意に満ちた口調に変わる。

「もし俺じゃなく、圭吾が施設に閉じこめられたとしたら、俺はアンタと同じ行動をとったろう。それがどんなに重い罪だろうと」

洋平と、新庄の目が合う。

「君は、施設に入れられても、何も変わらなかったんだな」

「え？」

「人を思いやる優しさを、今でも持っている。いや君だけじゃない。高宮も、小暮も。そして池田もそうだった。辛くても、みんなで支え合っていたからだろう。仲間っていうのは、本当に大事なんだな」

こちらに気づいた高宮が、二人に手を振った。

「ナンちゃん！　亮太！　早くおいでよ〜」

「わかったわかった」

洋平は新庄の肩に手を回し、

「さあ行こう！」

と言って優しく微笑んだ。

昨日の夜から、新庄は妙に落ち着かなくなった。家族が気になるのだ。先ほど、高宮のことをずっと見つめていた理由が、洋平には何となく分かっていた。

だが今は危険すぎる。もう少し、もう少しの辛抱だ。洋平は心の中で、新庄に言った。

4

神奈川県座間市。築三十五年の小さな平屋に、新庄邦子と圭吾は住んでいた。

邦子は、ベッドの上で呼吸を乱す圭吾の手を握りながら、心配そうに見つめる。

「大丈夫。もう少しでまた先生くるから」

近頃落ち着いていたのに、急に具合が悪くなった。亮太が脱走した、というニュースを見てからだ。その事実を知った圭吾は興奮してしまい、ずっとこんな調子だ。

圭吾の額に滲む汗を拭いてやった邦子は、電源の入っていないテレビに顔を向けた。今、家の周りには警察が待機している。昨日から、何度も何度も刑事がやってきている。

亮太がセンターから脱走した、というニュースを聞いた瞬間、台所にいた邦子の手から茶碗が落ちた。そして真っ先にテレビに向かっていた。亮太の顔が映し出された時、二人とも涙を流した。信じられない気持ちで一杯だった。七年と八ヶ月ぶりに、写真とはいえ息子に会えたのだ。邦子はテレビにしがみついたまま、しばらく離れられなかった。

随分、大きくなった。

顔も、男らしくなった。

内面も、変わってしまっただろうか。写真の亮太には、明るさが消えていた。無理もなかった。ずっと施設に閉じこめられていたのだから。

あの日から七年と八ヶ月。長いようで、アッという間だった。私は圭吾のため、生きていくために必死に働いてきた。

亮太はどのように生活していたのか。辛い日々を送っていたに違いない。そして、親を恨んでいるだろう。亮太が五歳の時から、私は知っていたのだから。五年後に、施設に連れて行かれると。

その通知が届いた時、激しい眩暈を起こし、倒れた。圭吾の心臓が悪いとはいえ、貧乏とはいえ、幸せに暮らしていたのだ。しかし突然、不幸のどん底に突き落とされたのだ。

神を恨んだ。どうして私の子供なのだと。

そうだ三人で逃げよう。何度もそう考えたが、それはできなかった。すでに監視がついていたし、捕まった時、圭吾が一人になってしまう。国の命令に従うしかなかったのだ。

しばらくして、亮太の心臓の手術が行われた。それから五年間、辛くて辛くて仕方なかった。無邪気で、弟思いの亮太を見れば見るほど。

そして五年の時が流れ、亮太は施設に連れて行かれた。あの日のことを思い出すと、今でも涙が止まらなくなる。この七年、私はずっと亮太を心配してきた。一瞬たりとも忘れたことなどない。どうしても会いたいと、センターを何度も何度も訪れた。しかし、追い返されるだけだった。手紙も受け取ってはもらえなかった。これ以上来れば罪に問われる、そう警告を受け、諦めざるをえなかった。それでも、センターの近くまでは行っていた。

そして祈った。亮太が、スイッチを押さないことを。いつか、会えることを。

その願いが、叶いそうなのだ。監視員と一緒に逃げていると聞いた時、どうして国の人間が？　と疑問に思ったが今はそんなことどうでもよい。

亮太に憎まれていようと、私は会いたい。そしてこの手で抱きしめたい。

病気は一向に良くはならないが、圭吾も大きくなった。来年、高校生になる。普通校に通うことはできないが、担任の先生と話し合い、一月に通信制の学校の試験を受けることになった。

亮太、今どこにいるの？　どうにか会えないだろうか。せめて一目だけでも……。

外にいる警官と目が合い、邦子は顔を背けた。苦しそうにしている圭吾の手を、握りなおした。

洋平たちは、逃亡生活二日目の夜を迎えていた。グラウンドでシチューを作り、教室に戻り、ロウソクを囲んで白いご飯片手にみんなで食べた。

「今日も上出来だね」

と言う高宮に、洋平は満面の笑みを浮かべた。言葉には出さないが、新庄も小暮もおいしそうに食べている。それを見て、洋平は安心した。

全員で絵を描いた後、高宮が校舎の裏から多少空気の抜けた、バレーボールくらいの大きさのゴムボールを見つけてきた。それを使って、洋平、高宮、小暮の三人で投げ合いをした。何となくといった様子で絵を描いていた新庄は、教室の中に戻ってしまった。相当、焦っているようだった。

シチューを食べ終えた新庄は、紙の深皿を床に置いた。

「おかわりはいらないのか？　まだ鍋に残ってるだろ」

「いや、いい」

「そうか」

「じゃあ私がおかわりしようかな」

高宮はそう言って、小さな鍋からシチューをすくった。結局は、余ってしまったのだが。

後片づけをしている最中、高宮がふと、こう呟いた。

「明日は何しようかな」

洋平は、新庄を見た。床に寝転がり、天井を眺めている。

勿論、ずっとこのままって訳にはいかない。

ここを出る時が、必ず来る。

だから今のうちと思ったのだろうか。洋平は、小暮にあることを頼んだ。

「小暮、お願いがあるんだが」

窓に身体を向けていた小暮は振り返る。

「この後、俺の似顔絵描いてくれないか。いつの日か、見せてくれたろ。みんなの似顔絵。俺にも、描いてくれよ」

高宮、新庄の目が小暮に向けられる。彼は、小さく頷いた。

「そうか。ありがとう」

「ナンちゃん。どうしたの急に。明日でもいいのに」

「いや、何となくさ」

洋平はすぐに絵の準備にとりかかった。画用紙、鉛筆、絵の具を用意し、パレットに少しの水を注いだ。

「座っているだけでいいか？」

尋ねると、小暮は首を縦に動かす。洋平は、教室の中央に腰を下ろした。小暮は、画用紙と鉛筆を持ちながら黒板の方に移動した。高宮がその横で、筆と絵の具とパレットを持った。

「よろしく」

そう言った時には、小暮はすでに鉛筆を動かしていた。洋平は静かにしようと口を閉じる。教室が静まり返ると、妙に緊張してしまい、目のやり場に困った。姿勢も、このままでよいのだろうかと考える。意外とモデルも難しいんだなと思った。

作業は順調に進んでいく。じっと見られると恥ずかしい。どのように描かれているか、もの凄く気になった。そして楽しみでもあった。

ちょうど三十分が経った頃、小暮が絵の具のついた筆を手に取った。その時、高宮がこう洩らした。

「いいな〜ナンちゃんは色があって」

その言葉でようやく緊張がほぐれた。洋平は照れ笑いを浮かべる。小暮と目が合い、すぐに表情を戻した。

後は色をつけていくだけなのだろうか。小暮がこちらを見る回数が確実に少なくなった。筆を動かしてはパレットで絵の具をつけるという作業が繰り返された。そして、さらに三十分後、画用紙が、高宮に渡された。終わったという合図だろう。

高宮は、洋平と絵を見比べて、ぷっと吹いた。

「似てる似てる。特徴摑んでるよ君明くん」

「何がおかしいんだよ」

と立ち上がり、高宮から画用紙を受け取った。見た瞬間、参ったな、と洋平は苦笑いを浮かべ頭をかいた。

ここ数日、シャンプーもセットもしていないボサボサの髪の毛。キリッとした二重の目。そして小さな鼻と口。忠実に描かれているが、何より恥ずかしかったのが、表情がガチガチに固くなっているところだった。

「何もここまで。もう少し恰好良く描いてくれればいいのに」

そう言うと、小暮はほんの少し笑みを見せた。新庄も、この時だけは楽しそうな表情を浮かべていた。

「小暮には全てお見通しか」

洋平は、改めて絵を見てみる。その度に笑ってしまうが、本当によく似ている。

「ありがとう。ずっと大事にするよ」

その後、寝るにはまだ早い時間だったので、トランプで神経衰弱をやって遊んだ。新庄はあまり乗り気ではなかったが、強引に誘った。いつしか教室は、笑い声に包まれていた。アッという間に時間は過ぎ去り、四人は毛布にくるまり、床に寝そべった。洋平は、先ほど小暮に描いてもらった似顔絵を長い間見つめていた。

すると、急に悲しくなってきた。なぜかは、自分が一番よく分かっていた。

洋平は、画用紙を胸にあて、目を閉じた。この日は少し疲れていたせいか、すぐに深い眠りに落ちていった。

この夜、夢を見た。廃校のグラウンドで、自分、高宮、新庄、小暮、池田の五人で、楽しくボールを投げ合って笑っているという、幸せな映像だった。

5

十二月二十七日。三日目の朝を迎えた。この日の天気も穏やかで、ゆっくりと雲は進んでいった。静かすぎる時が流れていく。今の自分の気持ちとは、まるで対照的だった。

朝食を終えた亮太は、外に出た。グラウンドには、飽きもせずボールで遊ぶ三人。ベンチに座り、母と圭吾のことを考える。

脱走事件のことはもう、当然知っているだろう。家の周りには、警察が張っているだろうか。圭吾は、嫌な思いをしていないだろうか。

ただただ二人に会いたかった。母も圭吾も、変わっただろうか。圭吾の病気は少しは良くなっただろうか。見違えるほど、大きくなったかもしれない。

想像と期待ばかりが膨らんでいく。しかし、心のどこかでは、あることを恐れていた。

二人は、幸せな生活を送っているのではないのか。いやそれ以前に、圭吾はまだ自分のことを兄と思っているだろうか。母に、忘れられたりはしていないだろうか。

そんなことは決してあり得ない。七年という月日は、あまりにも長すぎた。人間は、忘れる動物である、というのを施設にいて感じた。収容された当初、自分たちの他に十一人もいたのに、名前はおろか、ほとんど顔も浮かんでこないのだ。

今から十年後、了のことも忘れてしまっているのではないのか。

だとしたら、いくら家族とはいえ、もう……。

もし幸せなのだとしたら、帰らない方がいいのではないか。迷惑をかけてしまうのではないのか。

いや、それでも会いたい。ほんの少しでも。

「亮太」

顔を上げると、いつの間にか真沙美が目の前に立っていた。南と君明は、グラウンドの端に移動して絵を描いていた。

「隣に座っていい？」

急にどうしたというのだろう。真沙美は、深刻な表情を浮かべている。

「あ、ああ」

真沙美はベンチに腰掛ける。亮太は、何を話して良いのか分からなかった。真沙美の顔をまともに見られない。彼女の方が先に口を開いた。

「ずっとみんなでこうしていられたらいいのにね」

亮太は、答えられない。

「でも、そういう訳にはいかないよね。君明くんにも、亮太にも、待っている人がいるもんね。会いたいよね。捕まったらもう二度と、施設からは出られないよね……」

真沙美は寂しそうにそう呟いた。

「お前にだって……」

真沙美は首を横に振る。

「私にはそんな人はいない。本当のお母さんには捨てられ、里親とも、一年くらいしか一緒にいないから、もう私のことなんて憶（おぼ）えてないよ」

「そんなこと」

真沙美は亮太の言葉を遮った。

「私には分かる」

「……そうか」

「だから私は今が一番楽しい」

真沙美はスッと顔を上げ、明るい口調でこう言った。

「亮太とは、この七年間いろいろあったよね。思えば言い争いばっかりだったけど、私が辛そうにしている時は、必ず優しくしてくれたよね。だから今もこうして生きている。もし亮太がいなければ、私は簡単に命を絶っていたかも。出会ったのが施設の中っていうのが寂しいけど、私は本当の友達ができたようで嬉しかったな。それに、ナンちゃんのおかげでこうして思い出が作れたし」

何が言いたい？　そう訊く前に、真沙美は立ち上がった。

「じゃあ、二人の所に戻るね」

意味深な言葉を残し、真沙美は行ってしまった。

「……真沙美」

彼女は、みんなが離ればなれになることを予感しているのではないか。亮太はその時、そう思った。

そんなことはない、という考えはなかった。捕まってでも、家族に会いたかった。亮太はそれを、そろそろ南に言おうと思っていた。

6

それから四日間が過ぎ去り、一月一日。

二〇三一年。新しい年を迎えた。ただ、彼らにしてみれば特別な日でも何でもなかった。年数が一つ増えた、程度のことだった。

逃亡生活、八日目。四人は廃校で、ずっと変わらぬ生活を送っていた。教室で目を覚まし、朝食を口にする。その後、それぞれ別の行動をし、夕食を摂る。そしてまた次の朝を迎える。この繰り返し。

ただ、この状態がずっと続く訳がなかった。とうとう、食料が尽きてきたのだ。また買い出しに出たとしても、同じこと。そしていずれは金がなくなる。

月日が経てば、世間はこの脱走事件から興味をなくす。そうなれば少しは動きやすくなるのではないかと考えていたが、甘かった。一週間以上経っても、ラジオのニュースはこの事件を中心に報じている。恐らく、テレビでも……。厳しい現実が、洋平の前に立ちはだかった。

脱走した理由。それは……。

池田と同じ結果になってしまうのなら、今願いを叶えてやる。

もちろんそれは忘れていない。ただ、彼らを連れだしてからずっと、捕まったら意味がない、ということだけを考えてきた。

やはり危険を冒してでも、動くべきなのか。彼らは、どう思っているのだろう。

洋平は、慌ててラジオを消した。助手席に、新庄が乗ってきたのだ。ここ数日、彼は会話をしなくなった。何かを言おうとしてはいるのだが、なかなかそれを踏み出せないといった様子がずっと続いていた。聞いても、何も答えないのだ。

「どうした？」

尋ねても、やはり新庄は口を開かない。

「何でも、言ってくれ」

洋平は顔をのぞき込む。ずっと、迷っている。長い沈黙が続いた。

新庄がふと、顔を上げる。

もう、我慢の限界だったのだろう。とうとう、この言葉を口にした。

「ここへ来て、もう一週間以上だ。アンタはいつまで、ここにいようと思っている？」

洋平は、そのことについては答えられなかった。

「新庄は、どう考えてる？」

すると彼は、ハッキリとこう言った。

「正直俺は……一目だけでもいい。家族に会いたい。どうしても、会いたい」

そのために、彼は生き続けた。その一瞬のために。

「ずっとここにいたって、意味がない気がする」

洋平は、納得する。

「……そうだよな」

彼の言うとおり、その時がきているのかもしれない。

高宮と小暮はどうだろう？　洋平はしばらく考え、新庄にこう告げた。

「今から二人を、教室に呼んでくれ」

「……わかった」

新庄は車から降り、グラウンドにいる高宮と小暮のもとに歩いていった。

洋平は、大きく息を吸い込み、吐き出した。それは、急な決断だった。

時計の針が、十二時を回った。三人が、教室にやってきた。新庄は、複雑な表情を浮かべている。床に座っていた洋平は彼らに、

「話があるんだ」

と深刻に告げた。

「どうしたの？」

訊いてきた高宮に、洋平は手で床を示した。

「まあ、座ってくれ」

四人は、円になる。空からは眩しい光が差し込んでいた。

落ち着いたところで、洋平は単刀直入に言った。

「このまま廃校にいても仕方がない。いずれは警察にばれてしまう。食料も、尽きてきている。急かもしれないが、ここを出ようと思う」

「え？」

洋平の突然の発言に、驚いた顔をした高宮は、

「……そう」

と寂しげに呟いた。いつかこの日が来ることを、予測していたかのようだった。

洋平は、三人にこう言った。

「みんなの行きたい所へ、行こうと思う。いいな？」

新庄は、ずっと俯いたままだった。その彼に、あえて尋ねた。

「新庄は、家族に会いたいんだな？」

下を向きながら、彼は頷く。

「ああ」

次に、小暮に確認した。

「君は、どうしたい？　やはり家族に会いたいか」

質問しても、小暮はモジモジしたまま答えない。洋平は厳しくこう言った。

「黙ってても分からないぞ。ゆっくりでいい。自分の思いを伝えるんだ」

洋平、高宮、新庄の目が彼に注がれる。沈黙の状態が、数分続いた。それでも洋平は何も言わずに待った。すると、小暮は顔を伏せたまま、ようやく口を開いた。

「お父さんと約束した、絵を見たい」

か細い声で聞き取りづらかったが、確かにそう言った。

「お父さんと、約束した絵……」

洋平が繰り返すと、小暮は頷いた。

「フランスの画家、セリアルの描いた、『夢』という作品を、見せてくれるって」

その約束を、彼はずっと胸の中に……。

「施設にいる間、小暮はその絵を見たかったんだな」

極わずかではあるが、首が動いた。

「そうか……分かった」

そして最後に、高宮に尋ねた。

「高宮。君は、どうしたい？」

彼女に、いつもの元気はなかった。

「私は……みんなについていくだけでいい」

それは意外な答えだった。彼らのように、会いたい人や、行きたい場所がないというのか？

「家族……」

高宮はすぐに首を振った。

「待っていてくれる人なんていないから」

洋平は、彼女のノートを思い出す。そこには、『本当のお母さん』という文字が書いてあった。何があったかは分からないが、彼女には辛い事情があるのだろう。これ以上問い詰めるのはよした。

「それじゃあ、準備が整い次第、ここを出る。高宮、それでいいか？　それとも、お前はここに残っているか？」

「……私も行くよ」

「分かった」

だが、小暮の件で問題が一つ。セリアルという画家の絵が、展示されているかどうか分からない。されているとしても、場所が摑めない。洋平は考えたあげく、携帯電話を取り出した。

坂本に、頼るしかなかった。三十秒ほどコールすると、彼は電話に出た。

「もしもし？」

恐る恐る声を出すと、真剣な口調で坂本はこう返してきた。

「まさかお前とはな。今どこにいるんだよ。みんな元気なのか。あの次の日、施設は大変だったんだぜ」

「すみません……」

「ま、逃がした俺が言うのもなんだけどな」

洋平は、なかなか切り出せなかった。

「で？　何だよ」

思い切って、言うしかなかった。

「坂本さんに、お願いがあるんです」

すると坂本は、迷惑そうな声を洩らした。

「お前らには関わらないって言ったろ」

「はい……」

「でもまあ、一応聞くだけは聞いてやるよ」

坂本に感謝の気持ちで一杯になり、洋平は深く頭を下げた。

「ありがとうございます」

「それで何だよ」

「実は、フランスの画家、セリアルが描いた『夢』という作品がどこの美術館に展示されているのか調べてほしいんです」

「どうしてそんなこと？」

「それにはいろいろ、事情がありまして」

「見に行くのか？　その絵を」

「……はい」

「おいおい。捕まってもしらねえぞ」

洋平は彼らに視線を向けながら、頷いた。

「はい……覚悟はできてます」

しばらく間が空き、坂本はこう言った。

「仕方ねえな。まあ、そんくらいなら調べてやってもいいけどよ」

その答えに、思わず声が大きくなった。

「本当ですか。ありがとうございます。お願いします」

「分かったら連絡してやるよ」

坂本との通話を終えた洋平は、今の話を小暮に伝えた。

「調べてくれるらしい。いい結果が返ってくるのを期待しよう」

小暮は、頷く。洋平はふと、高宮に視線をやった。目が合い、彼女は無理に笑みを作ってみせた。

「絵……見られるといいね」

待っていてくれる人なんていない。

そんな彼女が、とてもかわいそうだった。


会話のない状態が、三十分以上続いた。洋平は、坂本からの連絡をひたすら待っていた。

床にある携帯電話が、鳴り響く。洋平はすぐに手に取り、耳に当てた。

「もしもし」

坂本の声が、聞こえてきた。

「ネットで見つけたよ。そのセリアルって画家の絵が展示してある場所。『夢』ってやつも今はそこにあるらしい。見つけるのに苦労したんだぜ」

洋平は、小暮に目で合図した。

「で、どこですか？」

「千葉の、国際美術館だ。住所は……」

洋平は、鉛筆で紙に書き留めていく。

「分かりました。ありがとうございます」

「ただし」

「何ですか？」

「展示期間は明日までらしい。その後、絵がどこで展示されるかはわからねえ」

「明日まで……」

三人が同時に反応する。

「しかも、美術館は五時まで。お前、今どこにいるんだ？」

彼を信用し、居所を教えた。

「群馬です」

坂本のため息が聞こえた。

「群馬か。時間的に今日は無理だな。明日しかないぞ」

「そうですね……」

あと一日しかないとはいえ、まだ時間は充分ある。だとしたら……。

洋平は坂本にもう一つ、ある頼み事をした。

「坂本さん。無理だということは承知しています。でも、もう一つだけお願いを聞いてはくれませんか」

「な、何だよ」

洋平は、考えていることを告げた。坂本の反応は渋かった。しかし。

「お願いします。彼らのためなんです。どうか」

熱意が伝わったのか、彼は仕方なくといった様子で、引き受けてくれた。

「チッ。しょうがねえな。全く俺も損な性格だよな。分かったよ。これからうまく理由をつけて施設に行って、所長室で調べてやる。でも無理かもしれねえからな。あまり期待すんなよ」

坂本には、感謝してもしきれなかった。

「ありがとうございます」

通話を切った洋平は、今話した内容を三人に告げ、尋ねた。

「聞いていた通り、チャンスは明日しかない。これを逃したら、次はいつになるか分からない。どうする？」

新庄が、こう答えた。

「それなら明日、ここを出よう。俺のことはその後でいい」

「分かった。そうしよう。だがもう一度聞く」

洋平は厳しい表情で、こう言った。

「覚悟は、できてるな？　もし捕まったら、お前たちは恐らく、それぞれ違う施設に収容される。もう一生、会えないだろう」

もしかしたらそれでは済まないかもしれない。だが、それは言わなかった。

新庄の決意は、固かった。

「わかってる」

「私は二人に任せる」

と呟く高宮。

「小暮？」

捕まるのが怖いのか、それとも明日のことを考えてなのか、彼はガチガチに緊張してしまっていた。

「ということは、ここで過ごすのも、今日が最後か」

洋平は、明るくこう言った。

「夜は、ありったけの食材を使って、おいしい物を作ろう！　な？　高宮」

ずっと元気のなかった高宮は、表情を輝かせた。

「うん！」

一人廊下に出た洋平は、窓に手を置く。内心、不安ばかりだった。一瞬全員が自分のもとから離れていくという、嫌な映像が浮かぶ。洋平はそれをかき消した。

7

埼玉県越谷市。三階建ての高級住宅に住む、小暮秀明、公子の二人は、今にも家を飛び出したい気持ちで一杯だった。落ち着けるわけがない。つい先ほど、南と名乗る男から自宅に連絡があったのだ。

『明日、千葉県にある国際美術館に、君明くんを連れていきます。私たちは今、群馬にいます。明日の十時前にはここを出ようと思っています。どうか、どうか来てあげてください』

その時は、何者かの悪戯だと思った。しかし、インターネットで千葉国際美術館を調べた瞬間、信じられない気持ちと、涙が同時に溢れた。

君明が連れて行かれる前にあえて約束した、セリアルの『夢』が展示されているのだ。それを知り、二人はいてもたってもいられなくなった。電話の男は本当に、君明たちと一緒に逃げている南という監視員に間違いなかった。それが分かった途端、身体の震えが止まらなくなった。

正直、もう諦めていたのに……。

だが、そこに行けば明日会える。慎重に動かなければならない。確認することはできないが、警察はきっとどこかで自分たちを張っている。

「あなた」

すがりつくような声を洩らす公子。

「落ち着きなさい」

二人はソファに座り、お互いの手と手を合わせた。秀明は、この七年間を思い返す。気づけば、今になっていた。時が流れるのは、早かった。二人ともストレスで皺(しわ)や白髪が増えた。体重も、かなり落ちた。まだ五十代とはいえ、老いた。

しかし外見が変わろうと、君明を愛する気持ちは変わらなかった。一瞬たりとも、忘れたことなどない。

助けてやりたかった。でも、それはできなかった。勇気がなかったのだ。

過去に、自分の子供を逃がそうとセンターに忍び込んだ者が捕まった、というニュースが二度ほどあった。

その者たちは強制収容。最悪、処刑。本人だけではなく、家族まで連行されたという噂も聞く。

センターまでは何度も行った。が、どうしてもあと一歩が踏み出せなかった。死ぬのが、怖かった。そんな情けない自分に、腹が立った。

生まれつき、君明は足が不自由だった。そのせいで、クラスメイトからいじめにあった。責任を感じた秀明と公子は、大切に大切に君明を育てた。足が動かなくても絵は描けるだろうと、秀明は自分が得意である絵を教えた。才能があったのか、上達が早く、将来を期待していたのだ。それなのに……。

そんなある日のことだった。

国から、通知が届いた。その瞬間、二人は泣き崩れた。まさか自分の子供が。どうして足の悪い息子が……。

命を失うことが怖く、命令に逆らうことはできず、君明の手術は行われた。そして五年の時が流れ、別れの日がきた。

あの約束をしてから、何日後のことだろう。君明が連れて行かれるのを、ただ見ていることしかできなかった。あの時、罪の意識で一杯だった。ずっとこうなるのを知っていながら、五年の時を過ごしたのだから。

二人の男たちを殺してやりたかった。でも手が震えて、動くことができなかった。

君明を奪われ、公子は鬱(うつ)になってしまい、治療にはかなりの時間がかかった。秀明も仕事への意欲を失い、営業成績はがた落ち。たちまち出世コースから外れた。

あの悪夢から、七年と八ヶ月。春、夏、秋、冬。ずっと悲しみに包まれていた。子供を連れて歩いている家族を見るたび、羨(うらや)ましく思った。同時に、憎しみも湧いた。どうして自分の子供だけがと。毎日が苦しくて苦しくて仕方なかった。

でももうじき、毎晩見ていた夢が、現実になろうとしている。約束した絵を、一緒に見られる。

セリアルは子供の時、事故で足が不自由になってしまった画家である。

君明には、彼の最後の作品である『夢』をどうしても見せたかった。

でもそれをあえてしなかった。生きる糧に、してほしかったから。

現実、君明は生き続けてくれた。

約束を、憶えていてくれたのだ。

「君明……」

早く会いたい。早く君明に触れたい。抱きしめたい。

秀明は、公子の肩をギュッと抱き寄せた。

今度こそ、お前を守ってやる……。

秀明はそう、決意した。


冬の夕暮れは早い。すでに辺りは真っ暗になった。風もなく、グラウンドは妙に静まっていた。

ここで過ごす最後の夜。洋平たちは、燃えさかる炎を囲み、余った食材を焼き、バーベキューをした。

トウモロコシやウインナーソーセージが次々と焼けていく。洋平は、三人に配っていく。

「私、バーベキューなんて初めてだよ！　すごくおいしい」

トウモロコシをかじりながら、高宮が感動の声を上げた。

「そうだろ？　こうして食べるとまた違うおいしさがあるだろ。二人はどうだ？」

と聞くと、新庄と小暮は何も言わずに頷いた。

「おいおいどうした。全然元気がないじゃないか」

二人は緊張している様子だった。洋平はあえて、明日からのことは口にしなかった。今を楽しもうと心がけた。

「ほら！　ウインナーが焼けたぞ」

割り箸を突き刺したウインナーを高宮に渡す。

「ありがとう」

そう言って、ウインナーを口に運ぼうとした彼女が、ふとこう洩らした。

「ここで夜ご飯を食べるのも、今日が最後なんだよね」

新庄と小暮の手がピタリと止まり、沈黙に変わった。洋平が、すぐに空気を変えた。

「さ、さあ食べよう！　ほらどんどん取って。焦げちゃうぞ」

高宮に、再び笑顔が戻った。

「そうそう。食べないとね！」

グラウンドには、洋平と高宮の明るい声が終始響いていた。それが妙に悲しかった。

バーベキューを終えた四人は、しばらく炎を見つめていた。刻一刻と、時間は過ぎていく。洋平たちは、それぞれの思いに浸る。

「ここでの生活。何かアッという間だったよね」

洋平は、高宮に返す。

「ああ。そうだな」

「施設にいた頃は、夢にも思っていなかったよ。みんなでこうして、楽しく過ごせるなんて。ずっと自由がほしかったけど、無理だった。毎日毎日、同じことの繰り返し。亮太や君明くんや了がいなかったら、私はここにはいなかったな」

「……うん」

としか、洋平は言えなかった。

「施設に入れられた当初、寂しくて亮太は陰で泣いてたことがあったよね。家族に会いたいって」

ずっと暗かった新庄が、ムキになって否定する。

「な、泣いてねえよ」

「嘘ばっかり。私は知ってるんだよ」

「そ、それがどうした」

「頑固で、意地っ張りで、気難しい奴だったけど、優しかったよね。私たち以外の他の子たちも勇気づけてた」

新庄は鼻であしらい顔を逸らす。

「いろんな話もしたよね。施設に入れられる前のこととかさ」

「……まあな」

「君明くんは絵ばっかりだったよね。どれくらい描いたろうね？　私がいつも傍にいて、会話は少なかったけど、心の中で凄く語り合っていた気がする」

思い出が蘇ったのか、小暮の表情が和らぐ。

「いつの間にか私たち、こんなに大きくなっていたよね……」

高宮は新庄と小暮に目を向ける。

「二人とも、家族に会えるといいよね。了もそう願ってるよ」

そして高宮は、突然こう言った。

「ねえナンちゃん。歌唄おうよ」

洋平は、照れた表情を浮かべる。

「え？　歌？」

「そうそう。私が憶えている歌。小学生の時習ったの。最初に唄うからナンちゃんついてきてね」

「あ、ああ」

高宮の、上手いとはいえない唄が辺りに広がる。知っている曲ではあったが、歌詞が全然分からなかったので、何となくついていった。

この時も、笑っているのは二人だけだった。洋平の心の内は、明日からのことばかり。

考えれば考えるほど、不安が募った。

こうして、最後の夜は更けていった。

ここで過ごす最後の夜、君明は興奮してなかなか寝付けなかった。こんなことは、初めてだった。

もうじき、長年の夢が叶う。本当に信じられなかった。

まさか、まさか父と約束した絵を見られることになるなんて。しかも、両親と一緒に。

南が坂本に頼んでくれた時、身体が震えた。それは味わったことのない感覚だった。この日、絵を描こうとしても筆が握れなかった。

ずっとずっと絵が見たかった。施設から抜け出してからその想いはさらに強くなった。でも無理だと思っていた。場所だって分からないし、見られるわけがないと諦めていた。

お父さん、お母さん、もう少しで会えるよ……。

君明は上半身に力を入れ、南に身体を向ける。

全てこの人のおかげだ。南に出会えて、本当によかった。

みんなにも、ありがとうと言いたい。七年間、こんな僕に優しくしてくれた。仲間にしてくれた。だからいつまでも一緒にいたい。

でも、それは無理な気がする。

君明は、感じていた。もしかしたら四人でいられる時間は、あとわずかなのではないかと。それでも、君明の決心は固かった。

亮太も、眠りにつくことができなかった。みんなも、そうかもしれない。この夜、無理して明るく振る舞っている南と真沙美の姿が、とても寂しく感じられた。

気持ちがどうしても落ち着かない。早く会いたいという感情を抑えられない。心臓が、激しく動いている。静まり返った教室に、この音が洩れているのではないかと思うくらいに。

この一週間、家族に会いたいと心の中ではずっと願っていた。が、なかなか南に切り出すことができなかった。それは自分勝手な意見なのではないかというのが一つ。

もう一つは、真沙美が心底楽しそうにしていたから。彼女には待っている人がいない。それなのに自分だけ、愛する家族に会いに行っていいのだろうか、という思いが亮太の正直な気持ちとぶつかっていた。

だがもう待ちきれなかった。これ以上、ここにいることはできなかった。真沙美には辛いかもしれないが……。

亮太は、今現在の母と圭吾の顔を想像する。もう少し。もう少しで手が届く。

本当に生き続けてよかった……。

亮太はふと、真沙美に目を向ける。じっと、寝顔を見続けた。
『私は本当の友達ができたようで嬉しかったな』
もし捕まれば、真沙美とも離ればなれになるだろう。
そう思った瞬間、改めて感じた。自分は、真沙美が好きだったのだと……。
亮太はずっと、彼女の顔を見つめていた。
夜はゆっくりと、明けていった。

カウント1

一月二日。

運命の朝が、やってきた。空には雲一つない、気持ちの良い天気だった。七時半に目を覚ました洋平は、車で一時間ラジオを聴き、教室に戻った。

「おはよう。ナンちゃん」

高宮の挨拶(あいさつ)に、洋平は優しく笑みを浮かべて応(こた)える。

「おはよう」

新庄と小暮は、気が気ではないといった様子だった。昨晩はあまり眠れなかったのかもしれない。無理もない。七年間描いていた夢が、もうじき叶おうとしているのだから。

洋平は、あえていつも通りに接した。

「さて、朝ご飯を食べよう。その後、出発だ」

新庄が小さく口を開いた。

「俺は……いいや」

「ダメだ。ちゃんと食べるんだ。力が出ないぞ。弱々しい姿で二人に会うのか？」

新庄は大きく息を吐き、頷いた。

「分かったよ」

「小暮もちゃんと食べるんだぞ」

洋平は、三人に昨夜のバーベキューの残りをパンにはさんだだけのサンドイッチを配る。四人は、無言で口に運んでいく。洋平の心の中は、不安で一杯だった。捕まることなく、ちゃんと絵を見せてやれるだろうか。家族に会わせてやることができるだろうか。失敗は許されない。

洋平は、心配をかき消すように、三人に話しかける。

「ここではいろんなことをしたよな。絵を描いたり、ボールやトランプで遊んだり。みんなで食事を作ったり。小暮には似顔絵も描いてもらったよな」

あの似顔絵は今、車のダッシュボードに大切にしまってある。

「そうだね」

と高宮が返す。

「家族が、元気だといいな。新庄、小暮」

二人は、小さく首を動かす。

それから会話は、なくなった。朝食を終えた洋平は、今までのゴミを袋にまとめた。適当な場所に捨てていくことはできず、一応校舎の裏にある古い焼却炉に置くと、教室に戻った。三人とも上着を羽織り、帽子を被(かぶ)っていた。小暮の絵の道具もまとめられている。

全ての準備は、整っていた。

時計の針は、午前九時一五分を指している。教室中が、緊張に包まれていた。決心した洋平は、言った。

「よし、みんないいな?」

ここを出る時がやってきた。三人は、同時に頷いた。

洋平は小暮の車椅子を押しながら外に出る。二人もその後に続く。

「新庄。手伝ってくれ」

二人で小暮の身体を持ち上げ、助手席に乗せた。次に新庄が後部座席に座る。

運転席に回ったその時、洋平は気づいた。まだ高宮が乗っていないことを。じっと校舎を見つめている。ここでの生活を、思い返しているのかもしれない。

「高宮。行こう」

声をかけると彼女はハッとし、頷いた。

運転席のドアを開け、カギを差し込む。エンジンがかかると、カーナビが作動した。洋平は坂本に教えられた住所を登録する。

『千葉国際美術館』

その文字に、小暮は固まる。

ここに、彼の見たい作品がある。両親も、待っていてくれるだろう。

「いいかみんな。くれぐれも慎重に動くんだ」

そう言って、洋平はゆっくりとアクセルを踏んだ。一週間以上いた廃校が、段々と遠ざかっていく。やがて、完全に見えなくなった。山を下り、幹線道路を目指す。

突然、高宮が明るくこう言った。

「どうしたの二人とも。もっと楽しそうにしなきゃだめじゃない」

それでも、新庄と小暮の様子は変わらなかった。

「ほら！ 笑って笑って」

洋平は、明るい彼女を見て、心を痛めた。

四人を乗せた車は、千葉へと進んでいった。

東京都渋谷駅周辺。正月にもかかわらず、朝から多くの人間が行き来する。流行のホビーショップやファストフード店には、今時の女の子たちが続々と入っていく。ショッピングビルやコーヒーショップには、大人たちが足を運ぶ。

信号が赤にもかかわらず、堂々と横断歩道を渡る若者たち。道路は渋滞し、時折クラクションが鳴り響く。渋谷は、喧騒に包まれていた。

人込みでごった返した街を見下ろすビルのワイドスクリーンが、突然切り替わった。

マイクを持つアナウンサーの後ろには、コンクリートの建物。カメラ目線の彼女が、口を開く。

『私は現在、YSC横浜センターの前にいます。脱走事件から早くも一週間以上が経ちましたが、依然四人は捕まっておりません。YSC側も、コメントを控えています。一人の監視員と三人の子供たちは今、どこに隠れているのでしょうか。警察の捜査は、続いています。以上、現場からでした』

その頃、本部長室にいた堺はイスに座り机に足を載せながら、温かいコーヒーを口に運んでいた。

進展のないニュースはもう見飽きた。脱走事件以後、何の動きもない。部下からも連絡が入らないのだ。

堺は、退屈であった。まだ一週間とはいえ、つまらなすぎる。

彼に期待しているのは、逃げ続けることなんかじゃない。

その時、机の上の携帯が振動した。堺はゆっくりと手を伸ばす。部下からであった。

「私です」

「どうした？」

　すると部下は言った。

「小暮秀明が、家を出ました。行き先は分かりませんが、落ち着かない様子です。張っている警察も、動き出しましたね」

「ほう……」

「妻の方はどうしましょう」

　堺は一つ間を置き、

「見張っておけ」

　と命令した。

「分かりました。では失礼します」

　堺は携帯電話を元の場所に置く。もう少し、待つ必要があった。案の定一時間後、再び部下から連絡がきた。

「小暮公子が今、家から出ました」

　その途端、堺の目が鋭く光った。

「そうか……追え」

「かしこまりました」

「ただし、今は全て警察に任せろ。どんな状況でもお前は余計な手出しをしなくていい。分かったな？」

「はい」

通話を切った堺は、不敵な笑みを浮かべた。南の奴、とうとう動き出したか……。

高速道路に乗った洋平は、東京方面から行くことに危険を感じ、東に進路をとった。道路はすいており、スムーズに進んでいく。栃木を越え、早くも埼玉に入っていた。このまま南に走れば、千葉に到着する。止まらず一気に行こうと洋平は思っていたのだが、高宮がふと、

「少し疲れたね」

と言ったので、少々休憩することにした。

山と緑に囲まれたパーキングエリアだった。駐車場はガラガラで、数台の乗用車と大型トラックが停まっているだけだ。これなら多くの目につくことがないので、洋平は安心した。

「トイレは大丈夫か？」

三人に言うと、新庄は、いいと首を振った。高宮だけが行くと答えた。

「飲み物は……」

それどころではないといった様子だったので、洋平は訊くのをやめた。車から降りた二人は帽子を深く被り、トイレへと向かう。ちらほらと人はいるが、こちらには全く気づいていない。

トイレの前で、洋平は高宮に言った。

「ここで待ってるから。なるべく早くな」

「うん」

二人は、別れた。先にトイレから出たのは洋平だった。数分後、高宮も戻ってきた。

「じゃあ行くか」

歩き出した矢先、高宮の足が止まった。

「どうした？」

彼女の視線を辿っていくと、そこには若い男女六人が、楽しそうに話している光景があった。自由な彼らを見て、何を思っているのだろう。不公平だ、という怒りよりも、羨ましさを感じているのかもしれない。

「高宮。さあ」

促すと、彼女は我に返り、笑みを作った。

「ごめんごめん」

どうしてこんな陰に隠れて動かなくてはいけないんだと、悔しさがこみ上げた。

運転席に戻った洋平は、小暮に伝えた。

「もうすぐだからな」

手と手を組んでいる彼は、ゆっくりと大きく頷(うなず)いた。

洋平は再び、アクセルを踏んだ。目的地に近づくにつれ、洋平の鼓動は、速さを増していった。

1

時計の針は、午後二時四〇分を回ろうとしていた。出発してから、約五時間。高速道路の脇に立っている『千葉県』というプレートを、洋平たちは通り過ぎた。

身体が固くなっているのが分かる。ハンドルを握る腕にも力が入る。車内は、静まり返っていた。洋平ですら、口を開かなくなっていた。

みんなの緊張を和らげようと、高宮が声を出す。

「あと、どのくらいだろう？」

カーナビによれば、三十分もしないうちにつく。それを高宮に告げた。

「じゃあ、本当にもうすぐだね」

小暮の両親は、もう美術館に到着しているだろうか。早く会わせてやりたいが、洋平の中には、恐れもあった。

沈黙した状態のまま、そこから五キロ進んだ。するとカーナビから、『間もなく左方向、出口です』という音声が発せられた。

全員の気が、引き締まった。洋平の表情が鋭く変わる。サイドミラーを確認し、ウィンカーを、左に出した。料金を支払い、一般道に出た洋平は、市街へと向かったのだった。

高速道路から下りると、ナビの指示が細かくなった。田舎の風景を予想していたが、意外にも周りにはオフィスビルやコンビニやさまざまな飲食店が並んでいた。大きなスポーツセンターも目についた。ナビに表示されている地図が、少しずつ動いていく。美術館に、近づいている。もうじき、着く予定だ。

突然、小暮の呼吸が荒くなり出した。指と指を絡ませながら、首を左右に動かしている。

「小暮。大丈夫。落ち着いて」

洋平が声をかけても、小暮の気持ちはおさまらなかった。

車は、大通りを一直線に走っていく。赤信号で止まる度、小暮は大きく息を吐き出す。

洋平は、風景とナビの画面を見比べる。

「ここらへんだと思うんだが……」

と呟（つぶや）いたその時だった。ナビが、こう告げた。

『七百メートル先、目的地周辺です』

指示通り進んでいくと、右前方に、真っ白くて四角い大きな建物が目に飛び込んできた。

「あれだ……きっと」

小暮は、美術館から一瞬たりとも目を離さなかった。彼の手は、微かに震えていた。洋平は右にウィンカーを出し、敷地内に入った。駐車場が広い割には、車はあまり停まってはいなかった。洋平は適当な場所を決め、停車した。

『千葉国際美術館』

とうとうここに辿り着いた。洋風の造りの瀟洒な美術館は、もう目の前だった。

カギを捻り、エンジンを切った。だがすぐには降りなかった。洋平は辺りを見渡し、警察がいないかを念入りに確認する。それらしき人物は見当たらないが、気は抜けなかった。館内にいる警備員にも警戒しなければならないのだ。

「どうする？　ナンちゃん」

緊張の混じった高宮の声。洋平は、小暮に尋ねた。

「両親、見当たらないか？」

彼は、無心になって探している。

来てはくれなかったのか。いや、警察のマークが厳しくて来ることができなかったか……。

まだ三時を回ったばかりだ。時間は充分ある。洋平は、もう少し待つことに決めた。がその直後だった。小暮の口から、

「あ！」

という声が洩れた。

「どうした」

彼の目は、美術館の入り口に向けられていた。

先ほどはいなかった。中で待っていて、いてもたってもいられず、出てきたのだろう。一組の中年の夫婦が、周辺を探しているのだ。男性の方はスーツ。女性の方はうすい黄色のワンピース。手にはコートを抱えている。

「あの二人が、そうなのか？」

確認すると、小暮は頷いた。

「よし。降りよう。早く行ってあげよう」

洋平、高宮、新庄の三人が先に車から降り、車椅子を用意して小暮を乗せた。

洋平は一般客にも注意を払い、入り口に近づいていく。突然、車椅子が手から離れた。

小暮が自分の力で、進んで行ったのだ。

家族との距離が縮まっていく。小暮の両親も、ようやく自分たちの子供に気が付いた。

「君明……君明なのか……？」

両親の声が、聞こえてきた。君明は車椅子を止めて、コクリと頷いた。

「君明！」

二人は小暮に駆け寄り、泣きながら強く抱きしめた。そして何度も、ごめんなさいと叫んだ。ようやく小暮は安心した表情を浮かべた。両親の温もりを、感じていた。三人はお互いの手を、握りあう。二人とも地面に膝をつき、声をあげて泣いた。

「君明くん……良かったね」

高宮は涙をこぼし、そう呟いた。

洋平も涙を堪えることができなかった。温かい光景を見て、心から思った。再会できて本当に良かったと。

「大きくなったわね……君明」

「辛かったな。ごめんな。お父さんを許してくれ」

しばらく再会を見守った三人は、家族のもとに歩んだ。父親が、先に洋平たちに気が付いた。

洋平は、深く頭を下げる。

「南と申します」

小暮を抱きしめていた母親も、顔を上げ立ち上がる。

「あなたが……」

「大事な息子さんを連れ出し、申し訳ありません。こうするしか、なかったんです」

父親は涙を拭い、首を横に振る。

「感謝してます。君明とこうして会う時間を与えてもらえたんです。しかも、約束した絵を一緒に見られるなんて、夢のようです。

私たちにとってはこの七年、地獄だった。会いたくて会いたくて仕方なかった。でも君明を、助けてやることはできなかった。自分が本当に情けないです。あなたには何てお礼を言ったらいいか」

「君明くんは施設にいる間、毎日毎日二人を想いながら絵を描いていたんですよ」

両親の目に再び涙がこみ上げる。

「……そうですか」

母親が、高宮と新庄に声をかけた。

「君明の、お友達ね？」

二人は同時に、

「はい」

と答える。

「あなたたちも、辛かったわね。君明と一緒にいてくれて。支えてくれてありがとう。本当にありがとうね」

洋平は、父親に尋ねた。

「警察の方は、大丈夫でしたか？」

「ええ。おそらくは」

「そうですか」

小暮の目的は、もう一つ。父親と約束した、絵を見ることだ。早く、叶（かな）えてやりたい。

「行きましょう。中へ」

「そうですね」

父親が、小暮の車椅子を押した。洋平たちは料金を払い、館内に入ったのだった。

2

建物の中は、静寂に包まれていた。下に絨毯（じゅうたん）が敷かれているので、足音もない。観賞に来ている人々の微かな声しか聞こえない。

「元気だったか？　君明」

小暮の家族が先頭を歩く。洋平たちはその後ろに続いた。警備員も一般客も、こちらに気づいている様子はない。

美術館は三階まであるが、目的の絵は、どうやら一階にあるようだった。

『セリアル展示会場』

六人は矢印の方向に進んでいく。父親が、小暮に話しかけた。

「懐かしいな。休日はこうして三人で、美術館に来たよな。まるであの頃に、戻ったようだな」

小暮は首を動かし、応(こた)える。

「君明、絵上手になったんだろうな……また一緒に描きたいな」

小暮の肩に、母親が手を置く。

「本当に……長かったわね。よく頑張ったわね」

「そうだな」

六人は、セリアルの絵が展示されている展示室に入った。下は同じく絨毯。クリーム色の壁には、多くの水彩画がかけられてある。鑑賞しているのは十五人程度だった。順番に見て回っている。

「ゆっくり見ていこうな」

父親は、最初の作品で立ち止まる。洋平は、絵に注目した。

『空』

一文字の題名だった。青い空に、眩(まぶ)しい太陽と大きな雲。ただそれだけなのに、気持ちが落ち着いた。ほんの一瞬、自分が逃亡者だというのも忘れられた。

「これが……セリアル」

美しい絵に引き込まれたのか、自分から滅多に喋らない小暮が口を開いた。

「この画家はね、君明と一緒で車椅子の生活をしていたんだ」

その言葉を聞き、小暮は反応する。洋平も驚いた。

「小さい頃に、事故で足が不自由になってしまったんだよ。それから彼は絵にのめりこんだ。これは大人になってからの作品だけど、子供の頃から人を引き込むような絵を描いていたそうだよ」

「……うん」

「彼の作品は、ほとんど風景画なんだ。それがなぜかは分からないけど、本当にいい絵を描くんだよ。君明もよく、風景画を描いたよな」

確かにそうだった。人物よりも、小暮は風景を描く方が好きだった。

父親は、次に進む。

『学校』

木造の古い校舎を、正面から描いた作品だった。夕焼け色に染まった校舎を、実に上手く、繊細に描いている。色の使い方も絶妙で、見事だった。その絵に、小暮の目は奪われていた。ただ圧倒されているのか、それとも、自分もこんな風に描いてみたい、と思っているのだろうか。

高宮と新庄も、見入っている。

「どうだ君明。素晴らしいだろ」

小暮は、絵を見つめながら頷（うなず）いた。

「セリアルは、どんな想いでこの絵を描いたんだろうな」

「……うん」

「さあ次だ」

父親は少し進んで、立ち止まる。

『愛する母』

題名通りだ。肩まで伸びた黒髪。垂れ下がった太い眉（まゆ）。優しい目。高い鼻。ニッコリとした口元。いい顔をしている。一つひとつのパーツがハッキリと表現されていた。息子に描いてもらい、よほど嬉（うれ）しかったのだろう。そんな様子が伝わってくる。

「数少ない人物画だよ。これを見ると、彼は本当にお母さんが好きだったんだと分かるよ」

「……うん」

「君明も、お母さんが大好きだったもんな」

母親は、小暮の手を握りしめた。

「次へ行こうか」

それから両親は、小暮とともに作品を見て回った。

『街』

『雨の丘』

『大海』

父親は数多くの作品一つひとつを丁寧に解説していく。家族の思い出話を交えながら。作品が進むにつれ、時間が経つにつれ、七年間空いてしまった溝が、埋まっていく。洋平には、そう見えた。

やはり、血の繋がった家族である。ずっと離ればなれだったのに、三人は一つになっている。違和感なんて感じなかった。三人は、幸せな時間を過ごしていた。

『ネコと公園』

『風車』

『パリ』

時折、微かではあるが小暮は笑みを浮かべた。だがそれは珍しいことではないのだ。これが本当の姿なのだろう。徐々に自分を、取り戻しているようだった。

その後も、一作一作、じっくりと見ていく。

ずっとこうしていたい。両親や小暮はそう思っているだろう。

しかしセリアルの作品は、いつしか残り二つとなっていた。三人とも、それに気が付いている。つい先程まで明るかった家族が、妙に暗くなってしまった。

最後の絵が、父親と約束した『夢』だろう。

洋平は、複雑な思いを抱いていた。

『家族』

家をバックに、中央に立っている髪の短い白人女性はセリアルの妻だろうか。両脇で手を繋いでいるのは、おかっぱ頭の子供たち。背丈が全く同じで、顔もそっくりだ。

父親は懸命に、小暮に説明する。

「題名通り、これはセリアルの奥さんと子供たちなんだ。双子だったそうだよ。彼は、家族と幸せに暮らしたんだろうな……」

「うん」

説明をし終えた父親は、急に黙ってしまった。重い沈黙に、包まれる。

父親は最後の作品を一瞥し、辛そうに肩を落とした。なかなか、先へは進まなかった。

いや、進めないのだろう。

次が、約束した絵。だが、それが最後と思うと、足が動かないのだろう。小暮も下を向いている。七年間想い続けた絵が、すぐ目の前にあるのに。この一瞬のために、生きてきたのに……。

「あなた」

母親の優しい声。父親は、頷いた。そして、小暮にこう言った。

「君明……次が」

これまでの思いがこみ上げたのだろう。声が、震えていた。父親は鼻をすすり、言い直した。

「次が、彼の最後の作品。『夢』だよ」

父親は車椅子を押し、ゆっくりと止まる。

「さあ。君明。見てごらん」

その声で、小暮は顔を上げた。彼は最後の絵を、じっと見つめる。洋平もその後ろで、悲痛な表情を浮かべながら眺めた。

『夢』

それは洋平が想像していたものと、全く違うものだった。

真っ白い洋服を着た一人の少年が、太陽の光を浴びながら、大空に目一杯手を広げて飛んでいる絵であった。山よりも、雲よりも高く。数羽の鳥と共に、自由に飛んでいる。

「これが……『夢』」

「彼は死ぬ直前、この絵を描いたそうだ。この少年は、セリアル自身だろう。小さい頃から足が不自由だった彼は、ずっとこの日を夢見ていたんだろうな……」

急に、小暮の身体が震えだした。七年の辛い日々が、走馬燈のように蘇(よみがえ)ったか。それとも嬉しさのあまりなのか、彼の目から、ポツリ、ポツリと涙がこぼれた。

「小暮……」

「これを、見せたかったんだ。君明と同じように、車椅子で生活していた彼が描いたこの絵をね。いつかきっと、自由になれる。そう言ってやりたかった。でも、施設に連れて行かれる前に、見せることはできなかった。私との約束のために、生きてくれると信じたんだ」

小暮はただ、小さな声を出して泣いていた。それでもしっかりと絵を瞳に焼きつけていた。洋平の横にいた新庄が、小暮の肩に両手を置き、屈んでこう言った。

「君明。良かったな。やっと、夢が叶ったな」

父親が、後ろからギュッと小暮を抱きしめた。

「正直……もう会えないと思ってたよ。この絵を見せてはやれないと諦めていた。でもお前は、ずっと憶えていてくれた。ありがとう」

小暮の胸に、母親は顔を埋める。三人とも、泣き続けた。

その姿を見て、もうしばらく、そっとしておいてやろうと思った。洋平は再び、絵に視線を向けた。

小暮の、長年の夢を叶えてやることができた。この一瞬のために自分は彼を連れ出し、彼もまた、生き続けていた。

その時洋平はふと思った。

この先、どうするべきなのかと。もっと長い時間、一緒にいさせてやりたい。いやこのままずっと三人で、生活させてやりたい。そうさせてやるべきなのだ。

しかし、悲劇は突然訪れた。現実はそううまくはいかなかった。幸せは、一瞬にして崩れさったのだ。

『夢』を見た時、気づくべきだった。洋平には、セリアルが天国を飛んでいるように見えた。あの瞬間、妙に不吉な予感がした。

ずっと恐れていたことが、とうとう起きてしまったのだ。

展示室の出口から、背広を着た二人の男が絵には目もくれず、こちらへとやってきた。後ろには、三人の警官を連れていた。その瞬間、洋平は混乱し、金縛りにあってしまった。

背広の一人に、こう尋ねられた。

「南、洋平だな?」

そこでようやく、小暮の両親も目の前の人物たちに気が付いた。目を大きく見開き、口をポカリと開け、固まっている。

「高宮真沙美、新庄亮太、小暮君明も一緒だな」

「ナンちゃん……」

高宮は、洋平のダウンジャケットを握る。小刻みに震えている。

「くそっ」

無念だというように、新庄は声を洩らす。小暮は、ただ俯いていた。

洋平は、警察と目を合わすことができなかった。

分かっていた。いつかはこうなるのだと。

「センター脱走の容疑で、お前たちを連行する」

諦めるしかなかった。刑事が、一歩踏み出す。その時だった。

「今度こそ、私たちは息子を守ります」

そう呟いた父親が、刑事を思い切り殴った。すぐさまもう一人にも同じように顔面に拳を喰らわした。二人は床に倒れる。館内から、悲鳴が上がった。

「確保だ！　確保しろ！」

三人の警官が動き出す。だが、小暮の両親が壁となって食い止めてくれた。

「早く！　早く逃げて！」

「君明……元気でね」

「どけ！　どくんだ！」

「私たちは七年間も国の言いなりだったんだ！　もう君明には指一本触れさせんぞ！」

洋平は、一瞬戸惑ってしまった。

「ナンちゃん！」

その声で、ようやく金縛りが解けた。

「来るんだ二人とも！」

洋平は小暮の車椅子を押し、展示室入り口へ急いだ。振り向くと、二人の刑事が目に映った。三人は全力で走る。

美術館を飛び出し、車の方へ身体を向ける。しかし、数人の警官が車の前で張っていた。

「くそ！」

洋平は躊躇せず、大通りに出た。そして歩道を駆け抜ける。

「止まれ！　止まらんと撃つぞ！」

車の前にいた警官たちも追ってきていた。

洋平は振り返らずに二人に声をかける。

「がんばれ！　諦めるな！」

まだ、捕まる訳にはいかない。体力が限界に達しようと、足を止めてはならなかった。

彼らのためにも。小暮の両親のためにも。

通行人をかき分け追走してくる刑事たち。

振り向くたびに、距離は狭まっていく。

「ナンちゃん！　捕まっちゃうよ！　もうダメだよ！」

高宮が弱音を吐く。洋平は、怒声を放った。

「いいから走るんだ！」

三人はがむしゃらに走る。

「小暮、心配しなくていいからな」

彼の反応はなかった。ただ、開いていた手を、ギュッと閉じた。

「南！　止まれ！」

三人のスピードは明らかに落ちていた。車椅子を押していた洋平の身体は、悲鳴を上げていた。

正直、もう駄目かと思った。前方には交差点。片側三車線の幹線道路。

進行方向の信号が、赤に変わってしまったのだ。

青になったと同時に、左右の車が、ゆっくりと発進する。

立ち止まれば、確実に捕まる。警察を振り切るにはもう、賭(かけ)に出るしかなかった。

「行くぞ！」

洋平たちは、六車線の道路に飛び出した。その瞬間、クラクションが鳴り響く。急ブレーキをかける車。そして後ろの車が激しくぶつかる。次々と車が追突していく。

「止まるな！　走るんだ！」

その隙間をかいくぐり、ようやく歩道へ駆け込んだ。

そしてついに、一台の車が火を噴いた。炎は二台目を襲い、火柱を上げる。道路は一瞬にして炎と煙に覆われた。

「今のうち逃げよう」

洋平たちは、再び走り出した。

この子たちは渡さない。絶対に捕まってはならない。

その時ふと、自分が処刑される映像がちらついた。血まみれになりながら、死んでいく……。

洋平は小さな悲鳴を上げていた。洋平の様子がおかしいことに気が付いたのは、小暮だった……。

もうどれくらい逃げたろう。三人の体力は疲労のピークに達していた。刑事たちの姿は、もうどこにもなかった。

「大通りは危険だ。裏道に入ろう」

息を切らしながら二人に指示する。四人は、人通りの全くない細い道に隠れた。

三人は、膝に手をつき呼吸を整える。全身、汗だくだった。恐怖感は、まだ消えない。先ほどまで美術館で温かい光景を目にしていたのが嘘のようだった。

小暮の両親は、無事だろうか……。

「どうする。これから。車だって奪われちまったし」

新庄の問いに、洋平は答えを出せなかった。

「もう少し……考えさせてくれ」

その時だった。小暮がふと、こう洩らした。

「三人で、逃げてほしい……僕は、もういいから……」

洋平たちに突然、衝撃が走った。

「何を言い出すんだ小暮。一緒に逃げるんだよ」

「僕がいたら足手まといになる。みんな思うように行動できないよ……すぐに捕まっちゃうよ」

洋平は必死になって懇願する。

「俺が守る！　だからそんなこと言わないでくれ！」

「そうだよ！　一緒にいて君明くん。お願いだから」

高宮は涙声で小暮にすがりつく。

そんな彼女を見つめながら、小暮は微笑んだ。

「僕はお父さんと約束した絵を見ることができた。二人にも会えた。それで十分だよ」

「君明……お前」

新庄が悲痛な声を出す。

小暮は遠くを見ながら、力なくこう言った。

「それに、もう疲れたよ。捕まったらまた施設に入れられる。もう二度とお父さんとお母さんには会えない。生きる理由もなく、これ以上施設では生活できないよ。苦しいだけだよ」

ずっと描いていた夢が叶った瞬間、ぷつりと糸が切れた。そういうことなのか。だったら絵を見せない方がよかったというのか。

俺は、どうすればいい。

いや、もはや彼の気持ちを変えることはできなかった。小暮はコートの中から、スイッチを取り出したのだ。

俯いていた新庄が顔を上げる。

「君明……お前本当に」

長い間を置き、小暮は言った。

「僕は……押すよ」

新庄は両手をグッと握りしめる。

「ふざけんな……ふざけんなよ」

彼の声が震える。怒りを抑えているようだった。

「もう少し、一緒にいられねえのかよ。今まで頑張ってきたじゃねえか。だから……」

小暮はただ、首を横に振った。新庄の手から、力が抜けていく。

「ダメ！　お願い君明くん！」

小暮は、今までのことを振り返った。

「友達もできたし、好きな絵もいっぱい描けた。約束の絵も見れたし、もういいんだ……後悔、してないから。だから三人で逃げてほしい」

彼の決心は固く、三人は、もう何も言えなかった。彼の気持ちも、分かるから。

洋平はただ、自分に対する怒りに震えていた。

小暮はじっと、スイッチを見つめている。全く、死を恐れていない様子だった。

「三人とも、長い間ありがとう」

「いや……君明くん」

小暮は、洋平の目をじっと見る。これが彼の、最期の言葉だった。

「絵を見せてくれてありがとう……。僕は本当に嬉しかった」

小暮の指が、スイッチに触れた。

首と手が、ダラリと垂れ下がった。同時に、スイッチが落ちた。その瞬間、洋平は膝から地面に崩れた。

「……小暮」

まるで、眠っているようだった。高宮は小暮を抱きしめ、涙を流す。新庄は、壁を何度も何度も殴り、悔しさをあらわにする。

また一人、大切な仲間を失ってしまった。

運命を、変えることはできないのか。

洋平は小暮のスイッチを握りしめ、地面に叩きつけた。

こんな物がなければ、誰も犠牲にはならないのに……。

洋平は、小暮に出会った頃を思い出す。無心になって絵を描く少年だった。陰でこっそりと色鉛筆を渡した時の喜んだ顔は、今もはっきりと憶えている。初めて彼にありがとうと言われた時は、本当に嬉しかった。それから、徐々に心を開いてくれた。

一緒に洋服を選んだ。一緒にご飯を食べた。一緒に絵を描き、ボールで遊んだ。

彼の笑顔が、蘇る。

その時初めて気が付いた。小暮に描いてもらった似顔絵が、車の中にあることを……。

洋平は、赤ん坊のように泣きじゃくった。

地面にぽつりと座り、抜け殻の状態になってしまっていた洋平は、高宮の声で我に返った。

「ナンちゃん。辛いけど行こう。君明くんにさよならしよう」

彼女の言うとおり、いつまでもここにはいられなかった。

洋平は顔を上げ、涙目で小暮を眺める。もう、動かない。息を、していない。改めて感じた。本当に死んでしまったのだと。

洋平は立ち上がり、小暮に歩み寄り、抱きしめた。顔や手は氷のように冷たかった。

小暮のためにも、まだ捕まる訳にはいかない。彼の死を無駄にしてはならない。

洋平は携帯電話を取り出した。坂本を、頼るしかなかった。すぐに、電話が繋がった。

「南です。もう一度、もう一度だけ頼みをきいてください。僕たちを、助けてください

……お願いします」

洋平は事情を話し、坂本に強く訴えた。

そして数分後通話を切り、二人に言った。

「行こう」

「……ああ」

新庄が、頷く。

「千葉から離れられれば何とかなる」

と高宮が答える。洋平は小暮の冷たい手を握りしめ、別れを告げた。二人も彼を抱きしめ、さよならと言った。

三人は何度も振り返りながら、裏道から大通りに出た。段々と、小暮が小さくなっていく。そして完全に、彼の姿は見えなくなった。

洋平は道路に向かって手を上げた。ハザードを点滅させながら、タクシーが目の前に停車した。高宮が助手席に座り、後ろに洋平と新庄が座る。

「どこまで行きましょう」

洋平は運転手にこう告げた。

「とりあえず、ここをずっとまっすぐ行ってください」

小暮の残した最後の言葉が頭から離れなかった。

洋平は、悲しみをグッと堪(こら)えた。

3

タクシーに乗った時、すでに残りの資金は乏しかった。美術館が埼玉県寄りにあったのは幸いだった。

千葉県内の駅で下車すれば、張っている警察に捕まるだろう。そう予測した洋平は、埼玉県に入ってからタクシーを降りた。それでも賭(かけ)ではあった。もう少し遅れていたら捕まっていたかもしれないが、何とか電車に乗り込むことができた。しかし安心はできなかった。扉が開く度、新たな客が入る度オドオドする。三人は生きた心地がしなかった。そして三回の乗り換えを経て、ようやく川崎市 幸区(さいわいく)に到着した。坂本がここを指定した。彼の自宅が近くにあるのだそうだ。

時計の針はもうじき午後の八時半を回ろうとしていた。空はとっくに暗くなっていた。

洋平たちは、駅から約一キロほど離れた冨野（とみの）神社で坂本が来るのを待っていた。人がほとんど通らない場所なので、待ち合わせには適していた。

冷たい風が通り過ぎた。落ち葉が音を立てながら飛ばされていく。気が付けば、小暮がスイッチを押した瞬間を思い出していた。池田の時と同じように、高宮と新庄も、ずっと落ち込んでしまっていた。

彼の存在は大きかった。三人の心に、ポツリと穴が空いてしまった。だが、いくら考えても小暮は戻ってきてはくれない。

三人に、車のライトが当てられた。洋平はハッとなり、光に身体を向ける。

坂本か？　案の定そうであった。白いセダン車のエンジンが止まる。ドアが開くと、坂本が降りてきた。

「坂本さん……すみません」

彼には、小暮がいなくなってしまったことを電話で話していた。坂本は優しく声をかけてくれた。

「まあ……気にすんな」

洋平は俯（うつむ）きながら小さく口を開いた。

「小暮が、スイッチを」

「ああ……」

「彼は、もう疲れたと……」

坂本は大きく息をついた。

「そうか」

「でも理由はそれだけじゃない。僕たちのためでもあったんです」

坂本は真剣な口調でこう言った。

「そんなに、自分を責めるなよ」

洋平は、返事ができなかった。

「死ぬ直前、小暮は両親には会えたんだろ？」

「ええ。父親と約束した絵も見せてやることはできました……」

「それだけでも、良かったじゃないか」

絵を見た時の小暮の笑みを思い出すと、再び胸が痛んだ。

「おい」

突然、坂本の言葉が鋭くなる。洋平は顔を上げた。

「悲しんでばかりはいられないんじゃないのか。まだ捕まる訳にはいかないんだろ？　だから俺を呼んだんだろ」

洋平は、高宮と新庄に目をやる。二人とも、不安そうにこちらを見つめている。

「それは……分かっています」

坂本は、車のボンネットに手を置いた。

「これは自由に使っていいからよ。ここまできたら、とことんだ」

洋平は、深く頭を下げた。

「迷惑ばかりかけてしまって、すみません。時期を見て、坂本さんから警察に通報してください。車の持ち主が分かる前に」

彼は意外そうな顔をした。

「坂本さんまで巻きこむ訳にはいきません。南に、脅されたとでも何でも言ってください」

坂本は、苦笑を浮かべた。

「ま、まあ、そうやって言うつもりだったけどな。面倒なことはごめんだからよ」

最後の言葉は彼らしかった。洋平は、微笑んだ。

「じゃあ、行きます。車、ありがとうございます」

洋平は二人に目で合図した。運転席のドアを開けた時、坂本に声をかけられた。

「おい」

洋平は振り返る。坂本の表情は少し悲しそうだった。

「気をつけろよ」

「……はい」

運転席に座り、エンジンをかけた。ライトを点灯させると、前方の視界が広がった。

「行くぞ」

二人にそう言って、洋平は坂本に挨拶をした。そして、アクセルをゆっくりと踏んだ。

「あの人も、本当はいい人だったんだよね。七年間もいたのに、気づかなかった」

高宮がふと、そう洩らした。洋平は、ひたすら真っ直ぐ走る。助手席に座っていた新庄は、何かを深く考え込んでいた。それは小暮のこと、そして家族のことに違いなかった。

4

『今日午後三時過ぎ、YSC横浜センターから脱走した四人組が、千葉国際美術館に姿を現しました。警察が逮捕しようとしたところ、小暮君明の父、小暮秀明五十三歳と、母小暮公子五十一歳が抵抗。二人はすぐに取り押さえられましたが、四人は依然逃亡中です……』

最後まで、小暮の死は伝えられなかった。ラジオは次のニュースに移った。

午後八時五五分。坂本と別れ、洋平はすぐに車を停めた。そして、ラジオを切った。

ここなら人目にはつかないだろうと、河川敷の橋の下に決めた。

新庄に、確認しておきたいことがあったからだ。

「どうする……新庄」

その言葉だけで、意味は十分通じた。長い時間迷ったあげく、彼はこう答えた。

「君明がいなくなって、すぐにこんなことを言うのはあれだけど、俺の気持ちは変わらない。家族に会いに行きたい。ただ、少し時間が欲しい」

「時間？」

「考えたいことがあるんだ。結論が出たら、家族の所へ行ってほしい」

気になる言葉ではあったが、深くは聞かなかった。

「分かった」

洋平はそう言うとエンジンを切った。途端に車内は静まり返る。外から聞こえるのは、川の流れる音や草が揺れる音だけ。

「高宮。外へ出よう」

新庄を、一人にさせてやろうと思った。

「うん」

二人はドアを開け車を降りた。そして橋の下まで歩き、石だらけの地面に腰を下ろした。橋の上を電車が通り過ぎた。数秒間の地響きの後、再び静けさが戻る。

無言の状態が、果たしてどれくらい続いたろう。洋平の頭の中は小暮のこと、そしてこれからのことで一杯だった。長い沈黙を破ったのは、高宮だった。

「君明くんがあんなに喋ったの、初めてだよ」

洋平は握っていた石を落とした。

「……そうか」

「本当に後悔してないと思う。施設の中で、ずっと見てきた夢だからね。人生で今日が一番嬉しかったんじゃないかな。それに、ナンちゃんには心の底から感謝してたよ君明くん」

彼の最期の言葉が、脳裏に響く。

「一緒にいられないのは辛いけど、仕方ないのかもしれない。君明くんの出した結論なんだから」

そうだよな、とは言えなかった。ただいくら自問自答を繰り返しても、何も変わらないことだけは事実だった。

「でも何だか、今にも帰ってきそうな気がするね。何事もなかったように、川の絵を描いていそうな……」

廃校で絵を描いている彼は、のびのびとしていた。

「ああ」

その時の彼を思い浮かべ、思わず川の方に目を向けていた。

高宮は、石をいじりながらこう呟(つぶや)いた。

「四人のうち、二人もいなくなっちゃったんだね。みんながいた頃が、遠い昔のような気がする」

その言葉を最後に、再び二人は口を閉じた。それから一時間、洋平と高宮はポツポツと会話を交わしただけだった。お互い、あえて新庄のことは口にしなかった。

新庄が車のドアを開けたのは、時計の針が十時半を回った頃だった。二人はスッと立ち上がった。洋平は、緊張を隠せなかった。

新庄が、こちらへと歩み寄ってくる。洋平が訊(き)く前に、彼はこう言った。

「今から、家族の所へ行きたいと思ってる」

洋平は、何の躊躇(ためら)いもなく頷(うなず)いた。

「そうか。分かった。行こう。いいな？　高宮」

「うん」

洋平は車に向かう。

「初めは……」

新庄の話は、まだ終わってはいなかった。洋平は足を止める。彼は、その先が言いづらそうだった。

「初めは？」

「二人に、ただ一目会うだけで、それだけで良かった。そしてまた逃げ続ければいいと。本音を言えば、ずっと一緒に暮らしたい。けどそれは無理だとわかっていた。だからせめて一目だけでいいと思っていた。でも」

「でも？」

「君明が死んで、俺はやっぱりこう思った。時間の許す限り、母ちゃんと圭吾と一緒にいたい。俺はそうしたい」

　まさか、新庄……。

　洋平は訊かずにはいられなかった。

「捕まったらどうする。小暮と同じことを考えてるんじゃ……」

　考えすぎだというように、新庄は鼻で笑い首を横に振った。

「心配するなよ。それはない」

　でも……。

　その先は言えなかった。

「考えたいことっていうのは、それだったんだな」

　新庄は、強く頷いた。

　捕まるまでの自由よりも、家族との、ほんの一時の幸せを選んだというわけか。

「覚悟は、できてるのか？」

捕まるのは、目に見えている。だが、これ以上止めはしなかった。彼が、今しかないと思っているのなら……。

「ああ。できてる」

ずっと話を聞いていた高宮が、こう呟いた。

「じゃあ亮太とも、もう少しでお別れなんだね」

まさか、こんなすぐにその時が来ようとは思っていなかった。

「もしかしたら施設で、また会うかもしれないけどな」

洋平は、時計を確認する。

「今すぐか？」

新庄の顔つきが、真剣になる。

「ああ。いいか？」

高宮は、反対しなかった。彼がそう望むのならと、洋平も了解した。

「自宅の場所、憶えているか？」

「座間駅まで行ってくれれば、わかるよ」

「分かった。ナビで調べよう。その前に、家に電話しよう」

洋平は携帯を取りだし、坂本に調べてもらった新庄家の電話番号を選択した。コール中に、新庄に携帯を渡した。彼は使い方に戸惑いながらも、耳に当てる。空気が張りつめる。

繋がったのか、彼の表情が強張った。

「お、俺だよ……亮太だよ」

声を出すのがやっとといった、そんな感じだった。

5

亮太が、ここに帰ってくる……。

受話器を置いた邦子は、嬉しさよりもまず、混乱状態に陥ってしまった。どうしたらよいのか分からず、ただ電話の周りを行ったり来たりする。

「落ち着いて……落ち着くの」

脱走事件以来、気が気じゃなかった。できることなら会いたいと願っていた。

それが、叶う。

亮太がもうじきここに来る。夢なんかじゃない。

「お母さん？　もしかして今の……」

ベッドの方から声がした。邦子は圭吾のもとに近づき、手をしっかりと握った。

「そうよ。もう少しでお兄ちゃんに会えるわよ。でも落ち着くの。興奮しちゃだめ」

事件を知り、調子を悪くしてしまった圭吾だが、ここ数日は落ち着いている。亮太には、元気な姿の圭吾を見せてやりたい。私にはそれくらいしかできない。それがせめてもの罪滅ぼし。

「お兄ちゃんが、本当に？　ねえお母さん本当に？」

「ええ」

圭吾はずっと亮太を心配していた。事件以来、口にするのは兄のことばかりだった。早く会わせてやりたい。

いつも二人でいて、本当に仲のよい兄弟だった。圭吾が外で遊べないからと、亮太は友達と約束せず、そばにいてくれた。外で働いていて家にいられなかった私のかわりに、亮太が面倒を見てくれていた。いつも二人は繋がっていた。だから早く……。

ただ恐れていることが一つ。警察だ。自宅には戻ってこないと踏んだのか、三日ほど前から刑事たちは一人もいなくなっていた。とはいえ安心はできない。はやる気持ちをおさえ、邦子はそっとカーテンを開けた。

「亮太……」

国道２４６号線をひた走る。洋平たちを乗せた車は、もうじき座間市に入ろうとしていた。川崎からは思っていたよりも近いようで、新庄との別れは、すぐ目の前にやってきていた。

なんだか、洋平はあまり実感がわかなかった。根拠も何もないが、新庄とはもう少し一緒にいるような気がした。だが、確実に近づいている。彼の、自宅に。

「圭吾くん、元気だよねきっと。電話でもお母さんそう言ってたんでしょ？」

「ああ……」

しっかりと受け答えはするが、内心かなり落ち着かないようだった。高宮もそうだ。先程からずっと勇気づけてはいるが、冷静ではない。無理もない。七年以上一緒にいた仲間がまた一人、自分のもとから離れようとしているのだから。池田や小暮と別れの意味は違うが、悲しくないはずがない。

「大丈夫。二人とも絶対元気だから」

洋平が言ったその言葉を最後に、車内は無言となった。早く会わせてやりたいと思う反面、まだ彼と一緒にいたいという気持ちがあるのだろう。赤信号で停まるたび、心のどこかでホッとしていた。

しかし、とうとうその時は訪れた。標識に、座間駅という文字が現れたのだ。

「とりあえず、駅に出てほしい。そこから案内する」

「分かった」

国道２４６号線を下りた洋平は、新庄の言うとおり駅に向かったのだった。

座間駅。辺りに目立ったものはなく、ひっそりとした駅だった。時間が時間だけに階段から下りてくる人は少なかった。バスも通っていない。タクシーも数台しか見当たらなかった。

「着いたぞ」

新庄は周りを見渡し、懐かしそうにしていた。

「あまり、変わってないな……」

「そうか。七年前のままか」

新庄は自宅までの道のりを必死に思い出している。

「駅の裏に出てほしい」

洋平は了解し、ハンドルを握った。

駅の反対側に出ると、このまま真っ直ぐ走ってくれと新庄は言った。急に記憶が蘇ることもあるだろうと、洋平はゆっくりゆっくり進んでいった。

駅から離れれば離れるほど、建物はなくなっていき、そのかわり田や畑が増えていく。

「こういうところに住んでたんだね、亮太」

高宮が声をかけても、新庄は反応できなくなっていた。妙にそわそわとしていた。

いつしか、アパートやマンションも見えなくなり、辺りは田舎の風景に変わっていた。

街灯もない真っ暗なたんぼに囲まれた道を進んでいくと、前方に三階建ての校舎らしき建物が見えてきた。通り過ぎようとした途端、新庄が声を上げた。

「停まってくれ」

洋平は咄嗟にブレーキをかける。

「どうした？」

新庄は言った。

「ここが、俺の通っていた小学校なんだ。昔のままだ……」

そして彼は、寂しそうにこう呟いた。

「もう、あとほんの少しなんだ。俺の家」

「そう……」

と高宮が返す。

「行ってくれ」

洋平は、再びアクセルを踏んだ。ここからはもう、新庄の指示を聞くだけとなった。ようやく別れを実感したが、洋平には掛ける言葉が見つからなかった。

周辺に、多くの平屋が建っているのが目についた。道が悪いせいで、車が激しく揺れる。

「もう少しだ」

新庄の案内が細かくなりだした。洋平は右に左にハンドルを切っていく。新庄は辺りを確認しながらこう言った。

「ここを真っ直ぐ行ったら俺の家だ。間違いない」

それが最後の指示だった。ずっと先に、六つの平屋が建っている。

「あそこだよ」

新庄は、その一角を指さした。そこだけ、薄明かりが灯っていた。

「あれか」

新庄は自分を落ち着かせるように、大きく息を吐き出す。そして、懐かしそうに家を見つめる。過去を、思い出している様子だった。いや、弟のことを気にしているのかもしれない。

かなり手前で、新庄が口を開いた。

「ここで、停めてくれ」

決意に満ちた口調だった。洋平は黙ってブレーキを踏む。周囲に注意を払い、エンジンを切った。辺りは、しんとしていた。安堵した洋平は、

「降りよう」と言った。三人は、車のドアを開けた。

新庄は、自分が育った家に一歩、また一歩踏み出す。本当は走り出したいだろう。彼はゆっくりとこちらを振り向いた。

何から言ったらよいのか分からないというように、ただ俯いている。洋平と高宮も同じだった。その状態がしばらく続いた。彼の気持ちを察し、別れを言いだしたのは高宮であった。

「ここで、さよならだね。元気でね亮太」

辛いはずなのに、彼女は明るく送り出そうとしている。

「ああ……」

しかし新庄は、なかなか動こうとはしなかった。

「どうした？　二人が待ってるぞ」

洋平がそう言うと、彼は施設にいた頃の気持ちを語りだした。

「正直、ここにはもう帰ってこられないと思ってた。二人がもうすぐそこにいるなんて、嘘みたいだ」

「よかったな」

洋平は新庄の肩に手を置いた。

「さあ、行ってやれ」

彼は、頷く。最後に、素直にこう言った。

「アンタには、いろいろ嫌なことを言っちまったよな。悪かったよ」

洋平は首を横に振った。

「いいさ」

「それに、真沙美……」

悲しみを堪えていた高宮は顔を上げる。

「俺は……」

新庄は言いかけてやめた。

「いや、何でもない。行くよ。二人とも、元気で」

新庄は振り返り、家に向かっていく。彼の後ろ姿を見守っていた高宮が声を上げた。

「亮太！」

新庄は立ち止まる。彼女は小さくこう言った。

「さよなら」

新庄は、頷いた。そして、再び歩き出した。彼が玄関に着く前に、洋平は踵（きびす）を返した。

「行こう」

「……うん」

二人は、車に乗り込んだ。エンジンをかけると、高宮が呟いた。

「施設を抜け出してから、私はずっと感じていた。こうして、みんなが離ればなれになることを」

その言葉は、胸に重く響いた。

「……そうか」

洋平は心の中で新庄に別れを告げ、ゆっくりとアクセルを踏んだ。

彼が、小さくなっていく。そして、ミラーから姿が消えた。

新庄のことは心配だが、それを口には出さなかった。

この日、小暮がスイッチを押し、新庄が自分たちのもとから離れていった。つい昨日まで四人でいたのが、遠い昔のように感じられた。

行き先も分からず、洋平はただ車を走らせていた。もうじき、長い長い一日が、終わろうとしていた。

6

二人を乗せた車の音は、遠くへと消え去った。亮太はもう、振り向かなかった。母と圭吾の待つ我が家に進んでいく。あとほんの少しの距離で、亮太は歩調を速めた。そしてとうとう、玄関の前に立った。

ペンキのはがれた木の扉。黄ばんだ表札。錆(さ)びた傘立て。あの頃のままだ。何も変わっていない。七年前、ここで二人と別れた。今でもあの時の悪夢が……。

もうよそう。嫌なことを思い出すのは。せっかく二人に会うのだ。笑顔を見せよう。楽しかった頃の記憶を蘇(よみがえ)らせ、亮太は気持ちを落ち着かせた。そして、扉を二度ノックした。その音が、亮太をさらに緊張させた。

間もなく、中から返事が聞こえてきた。

「……はい」

震えた声。母だ。亮太は、とぎれとぎれにこう答えた。

「お、俺だよ……亮太だよ」

その瞬間、扉が開いた。目の前には、涙目の母が立っていた。

「……亮太」

感極まり、母は涙をこぼす。

「……母ちゃん」

亮太は、帽子を脱ぐ。声を出すのがやっとだった。施設での辛さが、脳裏に浮かび上がる。だが、母の顔を見ただけで、それら全てが一瞬にして吹き飛んだ。

「やっと……やっと会えた」

亮太の心は嬉しさで溢れる。だが、寂しさも感じた。母の姿が、小さいからだ。自分の背よりも遥かに低い。時は流れたのだと、改めて実感した。

外見も、変わっていた。白髪も目立つし、皺も増えた。そして何より、表情が疲れている。この七年、苦労が絶えなかったのだろう。圭吾のために精一杯働いてきたのだろう。

その映像が、目に浮かぶ。

「亮太！」

母は泣きながら抱きついてきた。その時、亮太は母の匂いを思い出した。

この匂いだけは、変わってない。あの頃のままだ。安心した亮太は目を瞑り、力を抜き、母に身体を委ねた。

「ごめんね。お母ちゃんを許して」

亮太は、首を振る。

「心配、かけたね」

「こんなに大きくなって……私は、何もしてあげられなかったね」

亮太は母の肩を抱き、尋ねた。

「圭吾は？」

母は優しい笑みを見せた。

「中で待ってるわよ。さあ入って。早く顔を見せてあげて」

上がろうとしたその時、見覚えのある靴が目についた。小学生の時に自分が履いていた物だ。紐ではなく、マジックテープでとめる靴だ。

「残していてくれたんだ……」

「家の中も、そのままにしてあるのよ」

亮太は真っ先に和室へと向かった。すると、パジャマ姿の圭吾が、立ち上がって迎えてくれていた。

「圭吾……」

崩れそうになる身体を、必死に支えた。目の前が、歪む。

「お兄ちゃん……」

一緒にいた頃の記憶が、脳裏を駆けめぐる。

圭吾を見た瞬間、ホッとした。ほぼ昔のままだった。背が伸びただけで、それ以外は何も。幼い顔つき、高い声、華奢な身体。亮太は駆け寄り、強く抱きしめた。圭吾の体温を感じた。

「い、痛いよお兄ちゃん」

圭吾は照れながら言う。

「心臓の方は……どうだ？」

「大丈夫。いつか必ず治るよ」

「そうか……頑張ろうな」

「うん……」

「圭吾も、大きくなったな」

「お兄ちゃんも、恰好良くなったね」

亮太は、圭吾の身体を離さなかった。

その様子を見ていた母が、後ろから抱きついてきた。ようやく三人が、繋がった。

「おかえり亮太。ずっと、待っていたんだよ」

「ありがとう」

「一人にさせてごめんね。お母ちゃんを許して」

「そんなことはもういいよ。それに母ちゃんのせいじゃないから」

三人は離れ、お互いの顔を見つめ合う。

「一緒に逃げている……」

亮太は母の言葉を遮った。

「ここまで連れてきてもらって、さっき別れたんだ」

一人が犠牲になったことは言わなかった。

「……そう」

一瞬にして、空気が重くなる。圭吾が、笑みを作った。

「せっかくお兄ちゃんが帰ってきたんだよ。そんな暗くならないでよ」

その言葉で母は、明るい表情を浮かべた。

「そうよね。圭吾の言うとおりね」

亮太は、圭吾に微笑んだ。内面は、随分大人になったんだと思った。

「亮太。お腹空いていない？　お母ちゃんが何か作ってあげる」

そういえば、今日はあまり食べ物を口にしていなかった。安心した途端、食欲がわいてきた。

「じゃあ、頼むよ」

母は嬉しそうに台所へ向かった。

「座ってて。すぐに作ってあげるから」

亮太は、隣の部屋に入る。シミだらけの赤い絨毯。小さな卓袱台。古いテレビ。全く同じだ。いつも、ここで食事をしていたのだ。母が遅い時は、圭吾と二人で。何もかも懐かしい。昔に戻ったようだった。

卓袱台の前に腰を下ろす。圭吾も、隣に座った。

「寝てなくて大丈夫なのか？」

「この頃、調子がいいんだ」

「そうか……良かった」

亮太は、もう一度部屋を見渡す。そして、二人に視線を移す。

本当に帰ってきたんだと、改めて思った。

生きていて、良かった。

この時間がいつまでも続くよう、心から願った。

一方その頃、堺はリビングのソファで一人、ブランデーグラスを掌に揺らしながら南たちのことを考えていた。今日、とうとう小暮君明がスイッチを押した。

警察から逃げている最中、自分が足手まといになると考えたか……。

「馬鹿が」

お前のことなど、どうでもよい。三人は、今どこにいるのか。見当はついている。奴らはおそらく……。

携帯電話が振動した。堺はグラスを置き、携帯を耳にあてる。

「どうした？」

部下の声が聞こえてきた。

「南たちは、新庄の自宅に新庄亮太を残し、走り去りました」

「そうか」

「指示通り、二人を追っています」

「見失うな。いいな？」

「かしこまりました」

携帯を置いた堺は、酒を一気に飲み干した。

考えていた通りだ。

「もうじきか？　楽しみだな」

台所から、いい匂いがしてきた。

「もう少しでできるからね」

明るい母の声。

「うん」

返事をした亮太は、テレビの上に飾られている写真に気づいた。学校が休みの日に、この部屋で圭吾と一緒にアニメを観ている時のものだ。二人は夢中だ。カメラを向けられていることに気づいていない。こんな時もあったなと、亮太の顔が綻ぶ。

ふと、あることが気になった。

「そうだ圭吾。今年から高校生になるんじゃ」

「そうだよ」

圭吾は普通に答えた。

「どうするんだ?」

「心配ないよ。通信制の学校を受けるんだ」

「通信制?」

その言葉の意味が、亮太には分からなかった。

「家で勉強するんだ。ときどき学校にも行くんだよ」

亮太は納得する。

「そんな学校があるんだ」

「中学も頑張って通ってるんだよ。友達が迎えにきてくれるんだ」

小学生の時は、体調が不安定で休んでばかりだった。でも今の話を聞いて、亮太は安心した。

「そうか。良かったな。友達にも感謝しないとな」

その時、真沙美や君明や了の顔が浮かんだ。

台所から、母がお盆を持ってやってきた。

「さあできたわよ～」

卓袱台に、どんぶりが置かれる。亮太は歓喜の声を上げた。

「うどんだ！」

揚げ玉、かまぼこ、ネギ、卵。具もたくさん入っている。

「大好きだったでしょう。これが」

「うん！」

「冷めないうちに食べなさい」

亮太は箸を取る。

短いと思いよく見たら、それは子供の頃使っていた箸だった。思わず手に力が入る。

「いただきます！」

亮太は夢中になってうどんをすすった。ホッとした自分がいた。

やっぱりこの味が、一番だ。

「どう？　おいしい？」

麵を嚙みながら、

「うまい」

と答えた。亮太はすっかり子供の頃に戻っていた。心が、休まった。

母の味に飢えていた亮太は、口と箸を休まず動かし、アッという間に、どんぶりは空になった。

「ごちそうさま」

お腹が満たされ、身体が温まった。

「いっぱいになった？」

亮太は頷く。

「おいしかった～」

とひと息つくと、絨毯に大の字になって寝そべった。母は呆れながらどんぶりを台所に下げに行った。そしてすぐに戻ってきた。

「毎日ここで三人で、ご飯食べてたんだよねえ」

母が昔を懐かしむ。亮太は天井を見つめながら答えた。

「うん」

「お金はなかったけれど、幸せだったわよねえ」

再び、悲しい空気となってしまった。ただ誰も、施設のことについては口にしなかった。

亮太は起きあがり、尋ねた。

「この七年の間に撮った写真はないの？」

母は首を振った。

「そんな気にはならなかった……」

「そっか……」

なんとか明るくさせようと、亮太は母と圭吾にこう言った。

「じゃあいろんな話聞かせてよ。何でもいいからさ」

圭吾の表情が輝いた。

「いいよ！」

「じゃあ圭吾から」

「中学にはね、優しい友達がたくさんいてね、僕の調子がいい時は、映画とか連れていってくれるんだよ」

亮太は腕を組む。

「へ〜いいな〜」

「それとね、先生に面白い人がいてね……」

話を盛り上げたのは圭吾だった。母とのことや、今人気のテレビやアニメ、スポーツに関しても話してくれた。何とか楽しませようと、思いつくまま喋ってくれた。いつしか部屋は笑顔で溢れていた。自分の置かれている状況を忘れることができた。今まで施設にいたなんて嘘のようだった。三人は幸せな時間を過ごしていた。

だが、そう長くは続いてくれなかった。

圭吾が次の話題を考える。部屋は静かになった。

亮太は、母を心配した。

「仕事、大変じゃない？　辛くない？」

母は、優しい顔をした。

「大丈夫。ありがとう」

先が分かっているから、亮太はそう聞いたのだ。圭吾には、こう言った。

「圭吾」

無理して次の話題を探していた圭吾は、真顔になる。

「なに？」

「俺はずっとお前に、病気を治してやるって言ってたよな。絶対に医者になって、助けてやるって」

「うん……」

その約束を、守ってやれそうにない。そう言いかけて、やめた。

「いつか絶対に治るよ」

ただ安心させてやることしかできなかった。

「うん」

その直後、あまりにも早すぎる別れが訪れた。こうなることは、初めから覚悟していた。

玄関の扉が激しく叩かれた。亮太はビクリと反応する。が、慌てふためくことは、もうなかった。

「新庄さん！　よろしいですか」

外からは男の声。

再び、別れの時が来たのかと、亮太は俯いた。

「亮太！」

母は、逃げてと言おうとしたのだろう。亮太は首をただ横に振った。

「どうして！」

「無理だよ。もう」

「新庄さん！　開けてもらえますか！」

男の声が徐々に乱暴になる。

「お兄ちゃん」

圭吾が泣きながら、抱きついてきた。亮太は、圭吾の頭をなでた。

「めそめそするな。圭吾、この先も頑張るんだぞ。母ちゃんを頼むぞ。俺のことは心配ない。寂しくても大丈夫だから」

圭吾は亮太の洋服を離さない。

「会えてよかったよ。この時をどれだけ待ったことか。お前を見て安心した」

そう言って、亮太は母に頷いた。

母は諦めたように肩を落とし、玄関に向かった。

扉が開く音が聞こえてきた。

「息子さん、ここにいますね」

母はそれを認めたのだろう。一斉に、警察が入り込んできた。亮太と圭吾は大勢に囲まれた。亮太は顔を上げない。僅かな沈黙の後、刑事にこう訊かれた。

「新庄亮太だな」

「……はい」

「君を逮捕する。さあ来い」

素直に立ち上がろうとしたその時、圭吾が袖を強く引っぱった。

「お兄ちゃん！」

泣き声が、部屋中に響く。警官が、圭吾を引き離そうと近寄った。亮太はキッと睨み、怒鳴った。

「弟に触るな！」

そして、圭吾の肩をポンポンと優しく叩いた。すると、徐々に圭吾の手が開いていった。

亮太は、立ち上がる。両手に手錠がはめられた。鉄の冷たさが、骨にまで感じた。

「さあ来なさい」

警官に連行される。圭吾が後ろからついてくる。玄関には、母が茫然と立ちつくしていた。亮太は、足を止めた。

「もう少し、一緒にいたかった……。圭吾を、頼むよ」

そう言い残し、家を出た。外には数台のパトカーが待機していた。

「さあ乗って」

パトカーのドアが開いたその時、二人の叫び声が聞こえてきた。

「亮太！」

「お兄ちゃん！」

亮太は振り返る。七年前の出来事が、脳裏をかすめた。あの時と、一緒だった。

もう一度だけ、抱き合いたい。肌に、触れたい。

警官におさえられている二人に亮太は頷き、パトカーの後部座席に座った。

ドアが、閉められる。母と圭吾の声はまだ聞こえていた。

車が、静かに動き出す。亮太は身体を捻り、二人の姿を見つめる。まだ、声は届いている。泣きながら叫んでいる。

亮太はしっかりと二人を目に焼き付ける。やがて、母と圭吾の姿は完全に見えなくなり、闇だけとなった。

身体の位置を戻した亮太は、手にポツポツと涙を落とした。

ほんの僅かな時間だったが、幸せだった。母も圭吾も元気でよかった。いろんな話ができて嬉しかった。

長年の夢を、叶えることができた。

これでもう、何も思い残すことはない……。

南や真沙美、そして母と圭吾には嘘をついた。初めから決めていた。捕まった時点で、スイッチを押そうと。

もう疲れた。あの時、君明が言ったその意味が、ようやくわかった。目的を果たした瞬間、気力が一気に抜けた。

二人とは、二度と会えないだろう。悲しませることになるが、もう限界だ。微かな希望もなく、生き続けることはできない。

七年間、頑張ったと思う。俺たちは四人で支え合い、耐えてきた。絶対にスイッチを押さないと誓った。

真沙美も、天国にいる了も君明も、納得してくれるだろう。この気持ちをわかってくれるだろう。

不思議と恐怖はなかった。今一度、母と圭吾の顔を思い出す。

亮太は手錠をかけられた両手で、ダウンジャケットのポケットからスイッチを取り出した。

そして長い時間見つめた後、亮太は小さく口を動かした。

ごめん。母ちゃん、圭吾。

亮太は指に力を入れた。その瞬間スイッチは落ち、車の中に転がった。

寒い、真夜中のことだった。

これで、七年間生き残っていた四人の中で生存しているのは、高宮真沙美、ただ一人となった。

7

新庄と別れ、当てもなく走り続けた洋平と高宮は、座間市から三〇キロほど離れた、神奈川県秦野(はだの)市にある浅間峠の頂上のパーキングで車を停めた。二人の疲れは限界に近く、ここなら人目にはつかないだろうと、眠りについた。

洋平は、ある夢を見た。新庄との出会いから、別れまで。最後、自分の家に歩いていく新庄に何度も声をかけるのだが、一度も振り返ってはくれなかった。それが妙に不吉であった。ハッと目覚めると、いつしか朝を迎えていた。

あまりの寒さに、洋平は身震いする。

「おはよう」

すでに、高宮は目を覚ましていた。

「おきてたのか」

洋平はリクライニングを元に戻す。時計の針は、六時一〇分を指していた。

「あまり、眠れなくて」

「……そうか」

洋平は、秦野市の景色をボーッと見つめる。

高宮と、二人きりになってしまった。これから自分はどうすればいいのか。正直、分からない。風景を眺めていると、不安ばかりがこみ上げた。

「ずっとこの向こうに、亮太の家があるんだよね。今頃、どうしてるだろう？」

新庄のことも心配である。

「うん……」

曖昧(あいまい)にしか答えられなかった。

「家族と、ずっとは居られないよね……」

できることならずっといさせてやりたいが、それは不可能だろう。

「ああ……」

その時だった。携帯電話が鳴り響いた。洋平は慌てて画面を確認する。相手は、堺であった。

車内の空気が、一気に張りつめる。

「もしもし？」

洋平は、ゴクリとつばを呑み込んだ。

「私だよ」

口を開く前に、堺からこう告げられた。

「昨晩、新庄亮太がスイッチを押したよ」

一瞬、時が止まった。洋平は茫然自失する。

そんな……。

堺は続ける。

「家族と一緒にいた新庄は、自宅を張っていた警察に捕まり、パトカーの中で死んだそうだ」

死んだ……。

落ちそうになる携帯を、しっかりと握りしめる。

「……まさか」

「つまらん嘘はつかんよ」

頭に浮かんだのは、先ほど見た夢だった。

心のどこかでは、それを恐れていた。

新庄……。

押してしまったのか……。

最初からそのつもりだったのか。

気を落とす洋平に、追い打ちがかけられた。

「小暮君明と新庄亮太がスイッチを押し、残り一人か……」

堺は、鼻で笑った。

「南くん。君は何かを勘違いしていないかい？　君がしていることは正義でも何でもない。ただ、彼らを死なせただけだ」

その言葉が、洋平の胸にグサリと突き刺さった。

結果的には、そうだ……。

「この先、同じことを繰り返すのか？　高宮真沙美も、死なせるというのか？」

洋平は、高宮を一瞥（いちべつ）する。

答えに迷っていると、どういうつもりか、堺は突然ある条件を出してきた。

「こういうのはどうだ？　もし今すぐ君が私に降参すれば、高宮真沙美を助けてやってもいい。要するに、彼女の自由を約束しようじゃないか。悪くないと思うが」

その途端、気弱になっていた洋平の心は大きく揺れた。

「じ、自由を」

洋平と高宮の目が合う。

「降参とは……」

洋平の言葉を遮り、堺は強く言い放った。

「そういう意味だ」

静まり返る車内。

「本当に……」

「約束しよう」

洋平は思う。彼女が助かるのならと。

最後に堺はこう言った。

「まあ、よく考えるんだな」

電話が、切れた。洋平は携帯をゆっくりと耳から離す。

「まさか、亮太……」

「え？」

迷ったあげく、事実を告げた。洋平は頷いた。

「昨晩、警察に捕まり、パトカーの中で押したそうだ……」

高宮は悲痛な表情を浮かべ、俯いた。

「……亮太」

かすかに、予感していたのかもしれない。彼女は取り乱すことなく、静かに泣いた。

「家族には、会えたの？」

「……ああ」

高宮は涙を拭う。

「亮太、初めからそのつもりだったんだね」

昨夜の、橋の下での会話を思い出す。

「……おそらく、そうだったんだろう」

高宮はふと顔を上げた。そして空を見ながらこう言った。

「これでとうとう、私一人になっちゃったんだね。みんな、死んじゃったんだね」

彼女は、三人の顔を思い浮かべている様子だった。

『この先、同じことを繰り返すのか？』

洋平は、堺の言葉を思い出す。

「なあ、高宮」

施設から脱走し、十日が経った。あの時はどうしても彼らを助けたくて、先を見ず、今だけを考えていた。

現実は、あまりにも厳しかった。今、それを痛感している。新庄と小暮が死に、自分たちも辛うじて逃げているという状況。正直、これ以上隠れ続けることはできないと思う。

堺が言うように、高宮が助かるのなら……。

「いや、何でもない」

そうだ。もし罠だとしたらどうする。

でも堺は約束すると……。

洋平はどうするべきか判断できず困惑する。その様子をずっと見ていた高宮が、口を開いた。

「ナンちゃん」

突然声をかけられ、洋平は動揺する。

「な、なんだ?」

彼女には、全てを読まれていた。

「変なこと考えてない？ 今の電話、本部の人でしょ？ 何て言われたの?」

高宮がこんなにも真剣な表情を見せたのは初めてだった。今の洋平には、ごまかせるほどの余裕がなかった。正直に、話すしかなかった。

「実は、条件を出されたんだ。俺が自首すれば、高宮を自由にすると」

「それでどうするつもりなの」

「俺は……」

高宮にそう迫られ、洋平は言葉に詰まった。

「私は嫌よ」

洋平は咄嗟に振り向く。

「え？」

「捕まっちゃうかもしれない。残りの時間は限られているかもしれない。それでも私はナンちゃんといたい。ナンちゃんを犠牲にしてまで、自由をほしいとは思わない」

洋平は、高宮の目を見ることができなかった。

「しかし……」

彼女の決意は固かった。

「もしナンちゃんが裏切ったら、私はスイッチを押すからね」

なぜだ。十歳の頃から十分辛い目にあってきたではないか。なぜ自由を選ばない。

そう、高宮は優しすぎるのだ。自分よりもまず、他人を大切にする。彼女を見てきて、ずっとそう思っていた。

洋平は、不運な道ばかり辿っている彼女を哀れんだ。

「本当に、それでいいのか。後悔、しないのか。昨日、若いグループを羨ましそうに見てたじゃないか。施設から抜け出した君は、自由になったって喜んでいたじゃないか」

そして、こう付け足した。

「俺のことは、気にしなくていい。今のままじゃ君も……」

高宮は、躊躇うことなくこう言った。

「それでいい」

「でも」

「最後まで、一緒にいよう」

これ以上言っても、彼女の心は動きそうもなかった。

何もかも、覚悟はできている。そういうことなのか。怖くは、ないのか。

洋平はしばらく考え、口を開いた。

「……分かったよ」

高宮がそう決めたのなら、自分も最後までつき合うつもりだ。

ただ、この先どうすればいい。警察に捕まる時が来るのを待つしかないのか。それともまた再び、どこか遠くへ逃げるか。どちらにしても、もうそんなに長い時間が残されているとは思えなかった。

洋平は無意識のうちに、こう尋ねていた。

「本当に……高宮を待っている人はいないのか？」

彼女は、首を振る。

「会いたい人も？」

すると高宮は、急に黙り込んでしまった。

何かを思い出しているのか。洋平が声をかけようとした途端、重々しい口調で、彼女はこう言った。

「もし……もし会えるのだとしたら、本当のお母さんかな。思い浮かぶのは、その人だけ」

「本当のお母さん」

と洋平は聞き返す。

「でもそれは無理。私が六歳の時に、あの人は私を養護施設に捨てていったの。ここで待っててねって言ったきり帰ってはこなかった。あの時、気づくべきだったんだよね。お母さんと園長が、陰で何かを話している時に。私のことを、お願いしてたんだよね。でも園長は、私が実験の対象者だとは知らなかった。

二年後私は、何も事情を知らない里親に引き取られた。そこでは一応可愛がってはもらった。でもすぐに……」

そこまで聞いたのは初めてだった。

「そうだったのか」

「前の名前は、笹本真沙美。もう、高宮の方が慣れちゃってるけどね」

彼女は一拍置いて続ける。

「確かに捨てられはしたけど、私は本当のお母さんを恨んではいない。施設に入れられることを知っていたお母さんは、ずっと苦しかったんだよね。だから海に一緒に行った時、泣いてたんだよね」

「海に……」

洋平は思い出す。初日に見た彼女のノートを。夢に出てきた海が、そこなのだろうか。

「そう。私が六歳の時にね。お母さんとの、最後の思い出の場所」

「お父さんは、いなかったのか？」

「いたよ。けれど、私が生まれてすぐ交通事故で死んじゃったんだって」

なぜこうも神は、彼女から幸せばかりを奪うのか。

「俺も、ずっと母親に育てられたんだ。高宮とは違って、父親はいたんだけど……」

父の顔を思い出し、洋平は口ごもる。

「俺が三歳の時に、離婚しちゃってね」

「そう。今、お母さんとは一緒に住んでないの？」

洋平は、頷く。

「でも、元気にしてるよ」

「そっか……」

雰囲気が暗くなってしまったことに気づき、洋平は明るくこう言った。

「行こう！　高宮のお母さんに会いに」

彼女はハッとするが、すぐに否定した。

「無理だよ。どこにいるかも分からない。捜しようがない」

洋平は、諦めなかった。

「そうだ。じゃあその養護施設に行ってみないか？　園長が、何か知っているってことはないか？」

「それはないと思う。養護施設にいた二年間、園長は一度もお母さんのことは口にしなかった」

「そうか。でもそれは、高宮を傷つけないためであって、もしかしたら少しは何か知ってるかも」

高宮の表情に、変化はなかった。

「ありがとう……でも無理だよ」

「行ってみなきゃ分からない。そうだろ？」

「それは、そうだけど……」

なんとか母親に会わせてやりたかった。ずっと不幸の道を歩んできた彼女に、新庄や小暮のように束の間の幸せを味わわせてやりたかった。

何もかも失った高宮は、死を覚悟している。あれはそんな顔だった。

その時が来る前に、どうにか……。

「で、その養護施設がある場所はどこなんだ？」

彼女は、地名はハッキリと憶えていた。

「静岡県磐田市、海老田っていうところ。そこまで行けば、何とか……」

「分かった。今すぐに行こう」

「え？　本気で言ってるの？」

「当たり前だろ」

高宮の了解も得ず、洋平はエンジンをかけ、早速ナビに場所を登録した。案内地図が表示される。

シフトレバーに手を置いた洋平は、急に深刻な表情になる。そして、高宮にこう聞いていた。

「俺は、間違っていたのか。結果的には、二人を死なせてしまった」

高宮が、こちらを向いた。

「そんなことない。亮太も君明くんも、そんな風には思ってない」

そう言ってもらえるだけで、気持ちが落ち着いた。

「行こうか」

洋平は改めてシフトレバーをチェンジし、アクセルを踏んだ。

二人はこうして、高宮の母親に会うために動き出した。


一方その頃、黒塗りの公用車の後部座席に座った堺は、東京の第一本部に向かっていた。

新庄亮太が死に、残ったのは高宮真沙美……。

「面白い」

堺は、部下からの連絡を今か今かと待っていた。

肘掛け(ひじかけ)に置いてある携帯に目をやったちょうどその時、連絡が入った。堺は、携帯を耳に当てる。

「私だ」

部下の声は、冷静だった。

「今、二人が峠から下りてきました。尾行を再開しています」

「どこへ向かってる？」

「まだ分かりませんが、静岡方面に向かっています。東京でないことは確かです」

静岡。そういうことか……。

堺は、

「そうか」

と呟き、

「よし、そのまま追え」

と命令した。

「かしこまりました」

通話を切った堺は、冷笑を浮かべた。

揺さぶってみたまでだ。降参するなどとは思っていない。逆に、されちゃつまらん。

向かっている先は静岡。そこに間違いないだろう。

表情には出さないが、堺の興奮は最高潮に達していた。

こんなにもうまくいってくれるとは。

ますます面白くなってきた。

ここまで予想通りに事は運んでいる。

必ず、全てを終わらせる。

その日も、もう近いのではないか？

私も、そろそろ動き出すとするか。

カウント0

洋平の強い思い入れから静岡へと向かう二人。新庄と小暮を失い、残された高宮の覚悟に、洋平は焦りを感じていた。

車中、高宮は寡黙であった。会ってみたいという気持ちと、もう一つは恐れだろうか。捨てられた過去が大きな壁になっているようだった。母親は再会など願っているはずがないと。

実際、そうかもしれない。しかし、それでも洋平は引き返すことはしなかった。少しでも会いたいと思う気持ちがある限り、捜さなければならない。後悔しないために。

自分たちにはもう、あまり時間が残されていないのだから……。

休憩を挟むことなく、高速道路を走り続けて三時間。二人は静岡県に入った。ナビがそのことを告げると、高宮は再び弱気になった。

「やっぱり無理だよ……」

洋平は力強くこう言い聞かす。

「大丈夫。信じるんだ」

彼女は下を向きため息をついた。洋平は一定の速度で進んでいく。そして十分後。ナビの指示に従い、高速を下りたのだった。

国道に出て、赤信号で止まった洋平は、辺りを見渡した。車の数は少なく、周りには都会のように目立った建物はない。落ち着く風景だった。

ナビを、再確認する。今いる場所から豊田町はもう近い。高宮は、俯いたままだった。

信号が、青に変わる。

「もう少しだぞ」

洋平はそう言って、車を走らせた。

高宮の育った町に近づくにつれ、洋平の緊張が高まる。ほんの少しの手掛かりでも摑めればいいのだが。

「養護施設の園長は、どんな人だったんだ?」

まず初めに、高宮はこう言った。

「優しい人」

「そうか」

「誰にも平等で、子供たちのことをまず第一に考える人だったかな」

それだけで、人物像が浮かび上がる。

「みんなに好かれてたんだろうな」

「そうだね」

やはり高宮の一言一言には力が無く、違うことを考えているようだった。その後もいくつか質問をしたが、気持ちは別の方向を向いていた。

国道を抜けた洋平は、線路沿いを走っていく。目についたのは郵便局や工場や高校、そして文化会館。辺りはひっそりとしていた。さらに進み、大きな川を渡った。そこから一キロほど走った。すると、とうとうナビからこの言葉が発せられた。

『目的地周辺』。その時、高宮が顔を上げた。洋平は、ブレーキを踏んだ。

静岡県磐田市海老田。ようやく、高宮の故郷に到着した。

「ここで育ったんだな」

と洋平は彼女に言った。高層ビルもなければ、レジャー施設もない。目に映るのは緑地や川や広い公園。自然に囲まれ、空気も綺麗だった。空も、排気ガスで霞む東京とは違い、ここは青々としていた。

「高宮。案内してくれないか？」

彼女は、自分の育った景色を見つめながら、何かを考えている。しばらく無言が続くと、意を決したように口を開いた。

「ねえナンちゃん」

「どうした？」

高宮は、こう言ったのだ。

「その前に、私が住んでいたアパートに行ってみてもいい？　ここから、近いんだ」

その言葉を聞き、洋平は安心した。故郷に戻ってきたというのに、全く感情を表に出さない彼女を心配した。だが、懐かしくないわけがないのだ。そう思うのが、当たり前のはず。

「よし、行ってみよう。案内してくれ」

洋平は、高宮の指示通りにハンドルを切った。

車を走らせること十分。二人は道の狭い住宅街に入っていた。一軒一軒の造りは古く、決して高級感はないが、洋平には落ち着く光景だった。自分も同じような雰囲気の場所で育ったからだろう。昔からやっているような理容店やクリーニング店を見ると、懐かしさがこみ上げた。

「いい所だなここは」

高宮は周りを確認しながら言った。

「ここは私が小学校に行く時に通っていた道なんだ。微かにまだ憶えてる」

「そうなんだ。じゃあ、もう近いんだな？」

「うん。そのはずなんだけど……」

語尾を伸ばしながら前方に目を向けた高宮は、

「あそこらへんかもしれない。あのアパートの近くだった」

と指を差した。

「どこだ？」

と聞きながら洋平はゆっくりと進んでいく。突然、高宮が声を上げた。

「停めて！」

洋平は咄嗟にブレーキを踏んだ。二人の身体は前に押し出される。上体を起こして、

「どれなんだ？」

と彼女に尋ねると、答えは返ってこなかった。何度も何度も左右に首を振って確かめている。

「どうした？」

すると高宮は、ただこう言った。

「なくなってる……」

「え？」

「ここだったんだ。二階建ての白川荘っていうアパート」

彼女が差した指の先には、白い一軒家が建っていた。造りは、まだ新しかった。

「壊されちゃったんだね」

洋平も白川荘という看板を探すが、どこにも見当たらない。

「よ、よく確認したのか？　違う場所なんじゃないのか？」

「間違いない。後ろのあのアパートのすぐ目の前だったんだから」

彼女の記憶は、ハッキリしている。思い違いではなさそうだった。

「そんな……」

どうしてだ。

短い間とはいえ、自分が生活した家を見たかったろう。そして、母と過ごした日々を思い出したかったろう。それすら許されないというのか。思い出すら奪うというのか。

「仕方ないよね。すごく古いアパートだったんだもん。部屋だって狭かったし。あれから十年以上経ってるんだもん。おかしくないよね」

高宮は妙にあっさりとしていた。慰めの言葉が、思いつかなかった。彼女を見ているのが、辛かった。

「でも、ここに来れただけで良かった。この道路でね、休みの日にはよくお母さんとボール遊びしたんだ。それで、疲れたら部屋に戻って、二人でおやつを食べたんだ。その後、一緒に買い物に行ったな」

「……そっか」

車内が重苦しい空気に包まれる。高宮は数分間、アパートがあった場所を見つめていた。

洋平は、彼女に力強くこう言った。

「さあ行こう。必ず、お母さんを捜し出そう」

このままじゃ、あまりにも高宮がかわいそうすぎる。

何としてでも。洋平は改めて胸に誓った。

「な？　高宮」

彼女は顔を上げ、小さく首を動かした。

「もう、大丈夫か？」

「……うん」

「じゃあ、行こう」

洋平は少しずつアクセルを踏む。アパートのあった場所から、遠ざかっていく。見えなくなるまで、高宮は身体を後ろに向けていた。

1

高宮が幼い頃に住んでいた場所から離れた二人。彼女の指示通り車を走らせていた洋平は、何を話したらよいのか分からず、高宮の案内に対し、返事をすることしかできなかった。数少ない思い出が詰まった自宅が影も形もなくなっていたことに、内心ショックを受けているはずなのに、彼女はそんな様子を一切見せなかった。その姿が、哀れで仕方なかった。

悲しみを、堪えている。いや違う。自分の弱さを、隠しているのだ。落ち込んでなどいないと、気を張っているようだった。

しばらく高宮の細かい指示が続くと、

「もう少しだよ」

と前を向いたままそう言った。車を走らせてからどれくらいだろう。考えていたよりも、近いようだ。

「その角を左に曲がって」

洋平はゆっくりとハンドルを切る。

「ここを真っ直ぐ行ったところがそうだよ」

高宮は冷静にそう言った。洋平は、前方を確認する。狭い道沿いには、古いアパートや診療所が建っている。そのさらに奥、向かって左側に白い門柱が見えた。

「あそこか?」

と確かめると、高宮は首を動かした。彼女の表情に、変化はなかった。ただじっと、養護施設を見据えている。暗い過去を、思い出しているようだった。

ゆっくりと進んでいった洋平は、入り口の前で車を停めた。

「ここか……」

門柱には、『慈愛園』と書かれてある。狭いグラウンドには、多くの子供たちが大人の女性を囲んで走り回っている。

「全員、ここの子なのか？」

「多分、そうだと思う」

ということは、この子たちにはみな親がいない。

子供たちがいるすぐ横には、プレハブ小屋のような茶色い建物が建っている。あそこで生活しているということだろうか？

「降りようか」

と声をかけると、高宮は頷いた。洋平は、エンジンを切った。

車のドアを閉めた二人は、敷地内に足を踏み入れた。遊んでいる子供たちや女性はまだこちらに気づいていない。

「園長はどこなんだろう？」

そう尋ねると、高宮はこう言った。

「多分、園長室」

「そうか。行ってみようか」

と建物に足を向けようとしたその時だった。中から外を窺っていたのか、建物から、一人の女性が現れた。

「あの人がそうだよ」

洋平は、軽く会釈をした。

七十近いだろうか。背は低く、体型はぽっちゃりしている。パーマのかかった髪はほぼ真っ白。表情は穏やかで、高宮が言うように優しそうで、品のよさそうな人だった。

「何か、ご用ですか？」

「あの……」

声をかけられ、どう答えようか迷っていると、高宮の顔を見ていた園長が急にハッとした。そして、こう言ったのだ。

「あなた……真沙美ちゃん？　真沙美ちゃんね？　そうね？」

高宮は、

「はい」

と元気なく答えた。会いづらかったのか、園長と目を合わせようとはしなかった。

「信じられない……まさかもう一度あなたに会えるなんて」

園長は涙目になりながら、高宮にそっと抱きついた。

「大変だったわね……辛かったわね」

高宮は、何も答えなかった。

「ニュース見て驚いたわ。どうして脱走なんて……」

洋平は、胸を痛めた。園長と、目が合う。

「あなたが」

「南と申します。突然やってきて、申し訳ありません」

「どうしてここに……」

園長はそこで言葉を切った。

「今はそんなことどうでもいいわね」

と言って、高宮の全身に目をやった。

「こんなに大きくなって……何歳になったの？」

「十七です」

「そう……あれから、もうそんなに経つのね。今でもあの時のことはハッキリと憶(おぼ)えている。お母さんがあなたを黙ってここに置いていこうとしている時、ちょうど私がそれを見ていてね。どうか真沙美をお願いしますと、泣いて頼まれたわ。理由を聞いても、一切言わなかった。ただ真沙美を頼むと、そればかりを繰り返してた。相当、深い事情があるようだったわ。あの時の彼女は、何か追いつめられているようだった。これ以上、真沙美ちゃんを育てることは無理なんじゃないかと思って、面倒を見ることにしたの。あなたはずっと、お母さんが帰ってくるのを待っていたわね……」

「そのことなんですが」

洋平が横から割って入った。

「彼女の母親が今、どこにいるか知りませんか？　捜してるんです」

園長は、残念そうに首を横に振った。

「すみません。分かりません。行き先も何も言わずに、去っていってしまったんです」

その瞬間、希望の光が消え去った。手掛かりを摑めるかもしれない唯一の場所だったのに……。

洋平は、落胆する。

「そうですか」

「少し経ってから里親に引き取られ、私は安心していたの。でも、二年もしないうちに、あなたが国の施設に連れて行かれたことを知り、本当に驚いたわ。信じたくなかった。あなたがいい子だっただけに……でもね」

高宮がふと、園長に目を向ける。

「でも？」

と洋平が聞く。

「その時になってようやく気づいたわ。あなたのお母さんが言っていた意味が」

「どういう、ことですか？」

洋平が尋ねると、園長は高宮を見つめた。

「実はね真沙美ちゃん」

そして、こう告げたのだ。

「お母さんのことで、とても大事な話があるの」

大事な話？

そう言った後、園長はこちらに顔を向けた。その意味を察した洋平は、

「僕なら、ここにいます」

と、遠慮した。

「真沙美ちゃん。中で、話しましょうか」

高宮を促し、園長は建物に進んでいった。こちらに振り向く彼女に、洋平は頷いた。そして、二人の後ろ姿を、じっと見守った。

大事な話とは一体……。

黙って廊下を歩く園長の後ろに、真沙美は続く。食堂、学習室、プレイルームを通り過

ぎる。建物の中は、ほぼ変わってはいなかった。ここにいた約二年、嫌な思い出はなかったが、懐かしさは湧いてこなかった。ずっと、寂しかったから……。

園長が、足を止めた。そして、園長室の扉を開ける。

「さあ、入って」

真沙美は頭を下げながら中へと進む。最初に目についたのは、壁に張られた何枚もの画用紙。全て園長の似顔絵だ。真沙美は、描いた記憶はない。棚の上には子供たちが作った図工作品。園長の机には一輪の花が飾られてある。園長室も、変わってはいなかった。

扉が閉まる音が室内に響く。

「座ってちょうだい」

園長はお客用の黒いソファを示した。真沙美が腰掛けると、園長は、向かいに座った。

重々しい雰囲気に包まれる。

「施設から抜け出して、もうどれくらいが経つかしら……」

十日くらいか。もっと長い時間逃げている気がする。廃校でみんなで笑っていた頃が、遠く感じる。

「こんな事件を起こしてしまって……これからどうするつもりなの？」

真沙美は、返答に迷う。

「お母さんを、捜していると言ってたわね」

「はい……」

「他に、心当たりはあるの？」

真沙美は、ハッキリと言った。

「ありません」

園長は、肩を落とす。

「そう」

そしてこう呟いた。

「会いたいわよね……力になってあげたいけど、私は何もしてやれない」

園長は思い出したように、こう尋ねてきた。

「高宮のご両親には会ってないの？」

「いえ」

「会いたいとは思わない？　高宮のご両親になら、連絡できるけど」

真沙美は、首を振った。

「別に、いいです」

「そう……」

「元気に、してますか？」

一応、訊いてみた。

「ええ。あなたを突然国に奪われ、相当なショックを受けていたけど、しばらくして、違う子を引き取って、今は幸せに暮らしているわ」

「そうですか」

真沙美は我慢できず、自分から切り出した。

「あのう、それで大事な話というのは、何なのでしょうか？」

そう尋ねた途端、園長の表情が鋭く変わる。

「そうだったわね。あのね真沙美ちゃん」

真沙美は、姿勢を正す。

「あなたは、知っているのかしら」

「何を、ですか？」

すると園長の口から、ある事を告げられた。

「実は、あなたのお母さん……」

全てを聞いた真沙美は、愕然（がくぜん）とした。

「本当……なんですか？」

「ええ。黙っていてごめんなさい。でも、あなたがあまりに幼すぎたし、確証もなかった。けど今朝、私宛に一通の手紙が届いたの」

園長は、封筒を真沙美に手渡した。真沙美は躊躇（ためら）いをみせながら、ゆっくりと封筒を開け、中にある手紙を抜き取った。そして、丁寧に折られた便箋を、開いていく。

「そんな……まさか」

真沙美の脳裏に、母の顔が浮かんだ。


高宮と園長が中に入ってから、早くも二十分が経過した。洋平は、話の内容が気がかりで仕方なかった。高宮の母親がどうしたというのか……。

建物をじっと窺っていると、ようやく二人が外に出てきた。二人とも、複雑な表情を浮かべている。

「南さん……と言いましたね？」

洋平は、園長に頷く。

「はい」

「力になれなくてすみません。この子を、よろしくお願いしますね」

「分かりました」

「真沙美ちゃん」

高宮は園長に振り向く。

「気をつけて。元気でね。会えてよかったわ」

「さよなら」

高宮はそう言って、車に乗り込んだ。

「では」

洋平は頭を下げ、ドアを開けた。そして、エンジンをかけた。どうすればよいのか分からず、とりあえず車を走らせた。バックミラーには、しばらく園長の姿が映っていた。

「これから、どうする。他に当てはないもんな……」

それでも何とかして捜し出さなければならないのだが、考える時間が必要だった。

「なあ。園長の話って、何だったんだ?」

すると高宮はそのことには答えず、こう言った。

「ちょっと黙ってて」

それどころではないといった様子だった。深刻な表情の彼女が気がかりだった。

何があったんだ。

洋平は高宮を一瞥(いちべつ)する。彼女はただ一点を見つめていた。

洋平は、車を走らせるしかなかった。

2

神奈川県伊勢原(いせはら)市岡田(おかだ)町。堺信秀は、ある場所へと向かっていた。今さっき、二人を尾行している部下から面白い連絡があった。

高宮真沙美が、児童養護施設へ入っていったと。

とうとう、この時が来たというわけか……。想像以上の展開だ。長年待った甲斐があったぞ。

母親の過去を知った途端、どのような反応をするのかが楽しみだ。きっと、信じられないだろうな。

「本部長。到着しました」

運転手が、車を停めた。

「うむ」

砂利だらけの広い敷地内に、ぼろぼろのアパートがポツリと建っていた。堺はロングコートのポケットに手を入れ、アパートに進んでいく。そして錆びだらけの階段を上がっていき、201号室で立ち止まった。

薄い木の扉を、二回叩く。反応は、ない。それでもしつこく叩いた。すると、中から足音が聞こえてきた。扉のガラス窓に、影が映る。

カギが、ゆっくりと開いた。中から顔を覗かせたのは、一人のやせこけた中年女性だった。

傷みきった長い髪。疲れ果てた顔。全身から、気を感じられない。瞳は、死んでいた。

「何か用？」

気怠い声。堺は小さく頭を下げた。

「お久しぶりです」

その瞬間、女性は表情を変えた。

「あなた……」

「堺です。憶えていてくれましたか」

「な、何ですか。帰ってください。話などありません」

堺は不敵な笑みを浮かべ、こう言った。

「私にはあるんですよ」

堺は、次の言葉を強調した。

「笹本真琴さん」


高宮は、ずっと下を向いている。それだけではない。脱力したような、放心状態とでもいうような、でも何かを考え込んでいる。心配になった洋平は声をかけた。

「大丈夫か？」

彼女は咄嗟に顔を上げた。そして驚いた表情を見せたまま、固まってしまった。

「高宮？」

もう一度呼びかけると彼女はハッとして、

「……ナンちゃん」

と呟いた。

「どうしたんだおい。さっきからおかしいぞ」

そう言うと、高宮は慌てて笑みを作った。

「なんでもないなんでもない。さあ前を向いて。よそ見は危ないよ」

百八十度、ガラリと変わった。だがそれは、高宮本来の明るさではなかった。どこか無理をしているような。洋平にはそう見えた。

「ほらほら」

「あ、ああ」

交差点に差し掛かり、どちらに行こうか迷っていると、高宮は吹っ切れたようにこう言った。

「ナンちゃん。もうお母さんのことはいい。諦めた」

あっさりとしすぎていて、洋平は拍子抜けしてしまった。

「え？　どうして」

「どうしても」

それでは納得ができなかった。

「せっかくここまで来たのに。訳を聞かせてくれよ。どうして急に」

「いいのいいの」

彼女は頑に、理由を話そうとはしなかった。

「いや、でも……」

「そのかわり、ねえナンちゃん」

「うん？」

「お願い、きいてくれる？」

「お願い？」

「そう」

「俺に、できることなら」

そう答えると、高宮は深刻な表情でこう言った。

「お母さんと一緒に行った、いろいろな場所にもう一度行ってみたいの。順番に……」

思い出の場所……。

洋平はしばらく考え、聞き返す。

「それで、本当にいいのか？」

高宮は頷く。

「会わなくていいのか？　後悔しないか？」

「うん」

そこまで言うのなら、彼女がそう願うのなら、叶えてやるだけ。まだ、心の中のモヤモヤは消えないが。

「分かった。行こう。それで、最初はどこに?」

高宮は迷い、こう答えた。

「四歳の頃に連れていってもらった、よこはま動物園」

「横浜……いいのか?」

思い出したくもない場所のはず。

「いいの。行って」

洋平は了解した。

「じゃあ行こう」

右手でハンドルを握り、左手でシフトをチェンジした。高宮を一瞥する。彼女と視線がぶつかり、お互い逸らした。洋平はアクセルを踏む。

それにしてもどうして急に思い出の場所へ行きたいなどと言いだしたのだろう。そしてなぜ、母親を捜すのを諦めたのか。正直、高宮の考えがよく分からなかった。彼女は母親のことで、何か隠し事をしている気がする。

3

高宮の生まれ故郷から離れ約三時間。二人は、神奈川県に戻ってきた。高速道路を下りた洋平は、よこはま動物園を目指した。

この三時間、高宮はずっと思い悩んでいる様子だった。洋平はあえて話しかけはしなかったが、これ以上、思い詰めた彼女を見てはいられなかった。どうにか雰囲気を明るくさせようと、何でもいいから喋った。

「お前たちの前では言えなかったけどな、小さい頃は、俺もよく横浜に連れてきてもらったな」

その瞬間高宮は顔を上げ、こちらを向いた。が、一切口は開かない。

「ど、どうした？」

高宮は無理して微笑む。

「ううん。何でもない」

信号が赤に変わり、洋平はブレーキを踏む。俯く彼女に、こう言った。

「俺じゃ頼りにならないだろうけど、何かあったんなら、話してくれ。いつでもいいからさ」

高宮は、口を小さく動かした。

「ありがとう」

洋平は彼女の肩を軽く叩き、笑顔を見せた。そして、ナビを示した。

「さあもう少しで着くぞ」

「うん！」

高宮の声に、元気が戻った。

洋平は再び車を発進させる。目的地であるよこはま動物園は、もう目の前であった。入り口をくぐり、園内の駐車場に車を進ませた洋平は、適当な場所で停まった。車の台数を見る限り、あまり客はいなそうだ。

高宮は、外観を見つめていた。

「さあ行こうか」

「うん」

二人は車から降り、入場口に向かう。いつしか洋平は、辺りを警戒しなくなっていた。不思議と、恐怖がなくなっていたのだ。

財布を取り出し、販売機で券を二枚買う。残りの金が二万円を切ってしまった。が、不安も消え去っていた。

洋平は係員に券を渡す。

「どうぞ」

二人は、中へと向かった。広い園内の通路は枝分かれになっており、さまざまな動物たちが窺える。どこから行ったらいいのか迷ってしまう。まず声を上げたのは、洋平の方だった。

「うわぁ、動物だらけだ。って当たり前か。実は俺、動物園来るの初めてなんだよな」

高宮はあまり、懐かしそうではなかった。

「おいどうしたんだよ。嬉しくないのか?」

彼女は首を振り、

「そんなことないよ。さあ行こう」

と言って、歩調を速めた。

「お、おい待ってくれよ」

洋平は高宮を追いかけ、後ろについた。

まず高宮が足を止めたのは、猿のケージだった。周りを見ると、子供が嬉しそうに笑っている。十匹以上はいるだろうか、キーキーと鳴く猿、遊ぶ猿、客に近寄る猿、人間のように、一匹一匹性格が違う。洋平は、無意識のうちに見とれてしまっていた。

「お母さんと来た時も、初めに足を止めたのがここだったな。私はお母さんの手を離して、一生懸命、猿に話しかけてた」

「連れてきてもらったのが、よほど嬉しかったんだろうな」

「そうだね」

高宮は次に二頭のキリンがいる所で、立ち止まった。どちらも、のんびり歩いている。

二人は首を上げ、じっと見つめた。

「テレビでも見たことがなかったから、キリンを初めて見たのがここだった。私は小さかったから、キリンを怖がっちゃって、お母さんに抱きついたのを今でも憶えてる」

「そっか」

「でも、もっと大きかった気がする。私が大きくなったから、そう感じるだけかな」

高宮が次に足を止めたのは、パンダの前だった。二頭のパンダは、笹で遊んでいる。

「かわいいな」

と洋平は声を出す。高宮は頷き、こう言った。

「お母さんが一番好きだった動物が、パンダだった。パンフレットを見ながら、名前を教えてくれた。すごく、嬉しそうにしてたな」

「そうなんだ」

高宮は長い時間、その場に立っていた。彼女が動き出すまで、洋平は声を掛けはしなかった。

「次いこっか」

それから二人は、園内にいる全ての動物を見て回った。立ち止まるたび、高宮は母との思い出を語った。そして最後、ライオンを見終わった時には、空に夕日が傾いていた。時計を確認すると、四時を回っていたのだ。

「もうこんな時間か」

どうする、と聞く前に、高宮は自分の考えを伝えてきた。

「次は……映画館に行きたい。一度だけ、連れていってもらったの」

「そこも、横浜？」

「うん。ハッキリとした場所は憶えてないんだけど、すぐ目の前に、もの凄く大きなビルがあった」

それを聞いて洋平の頭に浮かんだのは、ランドマークタワーだった。

「分かるかもしれない。行ってみよう」

動物園を出た二人は、駐車場へと向かったのだった。

車を走らせるとすぐ、ランドマークは顔を覗かせた。

「あれのことか？」

指を差すと、高宮は目を細め、ハッとした。

「そう。あれだったと思う」

「やっぱりそうだったか」

高宮は、途切れ途切れにこう言った。

「よく……分かったね。昔、ナンちゃんも行ったとか？」

「いや、大きいビルで思い浮かんだのが、あれだったんだ」

「そう……」

「ランドマークに行けば、大体分かるんだろ？」

「うん。デパートの中だったから、そこに行ければ」

「分かった」

洋平は、ランドマークを目印に進んでいった。

横浜市桜木町(さくらぎちょう)駅周辺で、洋平は一旦(いったん)車を停めた。もうすぐ近くだ。その他、さまざまなレジャー施設が建っており、多くの若者が行き交っている。皆、心の底から楽しそうにしている。洋平はランドマークを見ながら大げさに声を上げた。

「本当に大きいな～」

高宮は顔を上げながら言った。

「確かにここだった。お母さんと、通った」

「じゃあ、すぐ近くなんだな」

「うん」

「この辺りを回ってみるか」

洋平はアクセルを踏み、ランドマークの裏側に出た。すると、高宮が思い出したような声を出したのだ。

「あれか？」

彼女の目の先には、デパートではなく、ショッピングモールが建っていた。

「うん。あそこ」

「よし。行こう！」

洋平は係員の指示に従い、地下駐車場に入った。

中の案内地図を見ると、映画館は四階にあることが分かった。二人はエレベーターに乗り、「4」を押した。アッという間に、扉は開いた。

受付フロアは薄暗く、天井には大型スクリーンが設置されていた。スピーカーから次回上映予告のアナウンスが聞こえてくる。券を売っているその横では、ポップコーンやジュースなどを販売している。それなりに人はいたが、混雑はしていなかった。

洋平は照れながら言う。

「実は、映画館に来るのも初めてなんだよな。こうなってるんだな。どうだ？　昔のままか？」

高宮は首を振る。

「全然変わっちゃってる。違うところみたい」

洋平は、時の流れを感じた。

「そっか。お母さんと来た時は、何を観たんだ？」

「アニメだった」

子供らしいと、洋平は微笑む。

「お母さんが好きな映画は『テルマ&ルイーズ』だって、その時言ってた。ずいぶん昔流行ったって」

「知らないな」

「そう……」

「で、何を観る？」

窓口の液晶掲示板に、いろんな作品名が書かれてある。

「私は、何でもいい。決めていいよ」

その答えに、洋平の声のトーンが下がる。

「そうか……それなら、あれにしようか」

洋平が選んだのは恋愛映画だった。

「うん。いいよ」

「じゃあ、券買ってくる」

洋平は列の最後尾に並び、券を二枚買った。

「行こうか」

二人は係員に券を見せ、六番ゲートに進んだ。中に入ると、すでに客が何人か座っていた。二人も席に着く。まだ多少ざわついているので、洋平も声を出した。

「なんか緊張するな」

高宮の耳には届いていないようだった。また、何か深く考え込んでいる。

やがて、全体が真っ暗になった。そして、他の作品の告知のあと、ようやく映画が始まった。しかし洋平は、スクリーンに集中できなかった。高宮の顔を、横目で繰り返し窺(うかが)っていた。

約二時間後、天井の照明がついた。気が付くと、物語は全て終わっており、ちらほらと客が立ち始めていた。洋平は、内容を一切憶えていなかった。考えることが、多すぎて……。

だが高宮には、暗い顔は見せたくなかった。

「どうだった？　面白かったな」

ボーッとしていた彼女は我に返った。

「う、うん。そうだね」

「とりあえず、行こうか」

席から立ち上がった二人はエレベーターで地下に戻り、車に乗り込んだ。洋平が、沈黙を破る。

「まだ、行きたい場所あるのか？」

高宮は、頷く。

「そうか。でも今日はもう遅い。明日にしようか」

時計の針はちょうど七時半。外は完全に真っ暗だろう。

「うん」

洋平は、話題を変えた。

「そういえば、お腹空いたな。朝から何も食べてなかったもんな」

「そうだね」

とは言うが、食事を摂る気分ではなさそうだった。

「コンビニで何か買って、車の中で食べよう」

「うん」

ライトをつけた洋平は、ハンドルを握りしめた。二人は、夜の街に出た。

コンビニで夕食と明日の朝食を買った二人は、山下公園にいた。車を停めやすく、人目につかない場所を探した結果が、山下公園だった。夜は、ここで明かすことになりそうだった。

辺りは、ひっそりとしていた。風の音が、ハッキリと聞こえてくる。洋平はコンビニの袋から熱いお茶とおにぎりを取り出し、高宮に渡した。

「ありがとう」

受け取った彼女は、説明を読みながらおにぎりのビニールを外し、一口食べた。それを見て安心した洋平も、おにぎりを手にした。

二人は無言で、食事を摂る。夕食分はアッという間になくなった。食べた量は少なかったが、お腹は満たされた。

「なあ高宮」

落ち着いたところで、洋平は話しかけた。

「うん？」

「まだ行きたい場所があるって、さっき言ってたけど、どこへ？」

まず一つ目に高宮は、

「横浜遊園地」

と言って、こちらの顔を窺った。

「どうした？」

と尋ねると、彼女はすぐに俯(うつむ)いた。

「特に、観覧車に乗りたい。その時の記憶が、強いから」

「そうか。あとは?」

「最後に……八景島水族館かな」

「水族館か……」

その時、母との記憶が蘇った。四歳の頃だった。休日に水族館に行く約束をしていたのだが、自分が熱を出してしまい、行けなくなってしまったのだ。

「どうしたの?」

洋平は現実に引き戻される。

「いや、何でもない。ちょっとな」

「もしかして、行ったことある?」

「いや、水族館自体、行ったことがないよ」

「そっか……」

そこで会話が途切れた。高宮が突然、車のドアを開けた。

「ちょっと、外出てくる」

「あ、ああ。あまり遠くに行くなよ」

「大丈夫。そこまでだから」

高宮はそう言って、歩いていった。彼女の後ろ姿をしばらく見守り、洋平はシートを倒した。大きく息をつき、目を閉じる。

この日も長い一日だった。静岡に行き、高宮が生まれ育った場所を訪れ、園長に会った。彼女の様子が変わったのは、そこからだった。未だ、何も喋ってくれない。とにかく今は、彼女の思うように行動するだけだ。あと何日、この生活を続けられるか分からないが……。

洋平の疲労は、ピークに達していた。目を閉じていると、いつの間にか深い眠りについていた。

4

一月四日。

目が覚めると辺りは明るかった。隣には、高宮。こちらを見つめていた。熟睡していたので、彼女が車に戻ってきたことに気が付かなかった。

洋平は、腕をまくる。時計の針は、九時を指していた。

「もうこんな時間か」

「気持ちよく眠ってたよ」

「高宮は、眠れたのか？」

「うん。少しね」

「昨日は動きっぱなしだった。疲れてるんじゃないのか？」

彼女は首を振る。

「ううん。大丈夫」

「それなら、いいんだけど」

洋平は、後部座席からコンビニの袋を取った。ここを離れる前に、車内で朝食を摂ることにした。

「ところで、遊園地からでいいんだよな？」

確認すると、高宮は頷く。

「じゃあ、食べてから早速行くか」

「……うん」

先に食べ終えた洋平は、高宮に視線を移す。喉（のど）を通らないのか、朝食をほとんど残してしまっていた。

「どうした？　もういいのか？」

「うん。お腹一杯」

そんな風には、見えなかった。高宮は、話をはぐらかした。

「ねえ、もう行こう」

「え？」

洋平は、彼女の手にある朝食から視線を外した。

「あ、ああ」

ゴミを片づけた洋平は、カギを捻りエンジンをかけた。高宮の表情は、相変わらずだった。

訪れる場所は、あと二箇所。二人は再び、動き出したのだった。

彼女に、どう接したらいいのだろうか。車内はずっと、ぎくしゃくとしていた。山下公園から走ること約三十分。洋平の視界に、大きな観覧車が広がった。

「あそこだな」

と言ってナビを見る。間違いなかった。なのに高宮の顔に、変化はない。

駐車場に入り、係員の誘導に従う。正月とあって、朝からすでに車を置く場所がほとんどなかった。どうやら園内は混雑している模様だった。

「もう少し空いていてくれればよかったのにな」

何とか車を停めた二人は、入り口に向かった。周りには子供連れの家族やカップルで溢れていた。

入場チケットを二枚購入した洋平は、高宮とともに園内に入る。すぐに待ち受けていたのが、風船を配るピエロだった。小さな子に笑顔で渡している。その光景が、何とも温かった。自分たちの今の状況とは、正反対であった。

ジェットコースターやメリーゴーラウンドや海賊船。その他にもまだまだある。豊富なアトラクションだ。園内は歓喜で包まれていた。

「どれから乗る？」

遊びに来ているわけではないことは分かっている。ただその言葉しか見つからなかった。洋平が訊くと高宮は小さく答えた。

「やっぱり観覧車かな」

「よし。じゃあ並ぼうか」

二人は観覧車の前まで進み、列の最後尾についた。微かに揺れながら次々と通り過ぎていくゴンドラ。全体を見るとゆっくりと動いているが、順番はすぐに回ってきた。

係員がゴンドラの扉を開け、どうぞと案内してくれた。

「さあ高宮」

二人は一緒に乗り、向かい合って座った。

妙に、緊張する。

「観覧車に乗るの久しぶりだな。四歳の時以来だから。こんなに狭かったかな」

もっと、広く感じたのだが。

「どこの、遊園地へ行ったの？」

「マリンランドだよ。母親と一緒に」

高宮は納得したように頷(うなず)く。二人の乗ったゴンドラは、徐々に上っていく。歩いている人々が、段々小さくなっていく。頂上に到達した時、高宮が空を見ながら口を開いた。

「お母さんは高い所がもの凄(すご)く嫌いで、あの時ずっと目を瞑(つぶ)ってた。私は怖がるお母さんを冷やかして遊んでた。もう一周しようとか言って」

洋平は相槌(あいづち)をうつ。

「遊園地に来て、最初に乗ったのがこれだった。その後私は、迷子になっちゃって……泣きながらお母さんを捜した。アナウンスがかかって、すぐに会えたんだけどね」

「そりゃ大変だったな」

「今は、いい思い出」

そう言ったきり、高宮は何も喋らなかった。ただ、ゴンドラから見える景色を眺めていた。洋平も、遠くの風景に視線を向けていた。

少しずつ、降り口に近づいていく。観覧車に乗ってから約十五分後、二人のゴンドラは一周した。ドアが開かれ、外に出る。洋平は明るく振る舞った。

「なんかアッという間だったな」

「そうだね」

「さて！　次は何に乗ろうか！」

洋平の目に初めに映ったのは、コーヒーカップだった。

「あれなんかどうだ？」

高宮は穏やかに、小さく笑った。

「うん。いいよ」

「よし。じゃあそうしよう」

洋平は高宮の背中を押しながら、コーヒーカップの列に向かっていった。

「お二人でよろしいですか？」

係員に尋ねられ、洋平は元気良く答えた。

「はい！」

二人は大きなカップの中に入り、イスに腰掛けた。ハンドルを握ったのは、洋平だった。

機械の準備が整うと、カップは大きく動き出した。

その後洋平と高宮は、ゴーカート、海賊船、お化け屋敷など、さまざまなアトラクションに足を運んだ。がやはり、高宮の表情は浮かなかった。洋平の言葉に反応し、時折微笑むものの、気はこちらに向いていない。かといって懐かしんでいるわけではないし、悲しそうにしているわけでもない。彼女が、分からなかった。

それから時間が流れるのは早く、気が付くと二時前になっていた。ちょうど近くに売店があったので、二人は昼食を摂ることにした。といっても、口を動かしているのは洋平だけであったが。

突然、高宮が話しかけてきた。

「もう、二時だよね？」

「ああ。そうだけど」

「そろそろ、水族館へ行こうか」

「え？　もういいのか？」

「うん。観覧車にも乗れたしね」

「そうか……じゃあ、これ食べたら行こうか」

もう少し、居たくはないのだろうか。それ以上は何も言えなかったが。

ただ昨日から、ずっと考えていた。高宮は心の底から、懐かしんでいるわけではない。

自分から行きたいと言っているのにもかかわらず。それがなぜかは、分からない。

何となく、違和感を感じる。

数分後、二人はイスを立ち、出口へ向かった。

動物園、映画館、遊園地。一つ、また一つ、思い出の場所を後にしていく。

洋平は、ふと思った。

そう。次が最後なんだと……。

5

遊園地を離れ、約一時間。二人を乗せた車は、横浜市金沢区(かなざわく)に入った。ナビによれば、あと三キロほど走れば八景島水族館に到着するとのことだった。

洋平の心境は複雑だった。次の場所が、最後だから。

彼女の、今の心の内を知りたい。水族館を訪れた後のことを、どう考えているのか。

ただ、それは訊けなかった。訊くのが、怖かった。

急に、太陽が雲に隠れた。明るかった空が、暗くなる。洋平の今の気持ちを表しているようだった。

この時からだった。洋平は、あることを考えていた。そして、迷っていた。

「次右だよ」

ボーッとしていた洋平は、高宮の声で我に返る。ナビの画面を見ると、そう指示しているのだ。

洋平は慌ててウィンカーを倒す。そして道なりに走っていく。遠方右側に、水色の建物が見えてきた。やはり、高宮の反応はなかった。洋平も、黙って車を進ませた。無意識のうちに再び考え事に没頭している。

どうするべきか。

すぐには、結論は出せなかった。

車は、水族館の敷地に入った。

八景島水族館。車から降りた二人は、自動ドアをくぐり中に入った。客のほとんどが子供連れの家族で、意外にもカップルは少なかった。ロビーにはアシカやラッコのぬいぐるみキャラクターが置かれており、その他にも海の資料やグッズが売られていた。洋平は窓口で料金を払い、場内の地図を見ている高宮を呼んだ。

「さあ行こうか」

「うん」

二人は奥へと進んでいった。

大きな扉を開き中へ入った途端、洋平は感動の声を上げた。

「きれいだな」

通路全体が青い照明で染まっており、左右には大きな大きな水槽を自由に泳ぐ魚たち。幻想的な世界が広がっていた。洋平は何もかも忘れて見とれてしまっていた。高宮も魚を目で追っている。

「泳いでいる魚を見るのはあの日以来」

と彼女が呟く。

二人はしばらく水槽の前に立ちつくしていた。

「本当にすごいな。ずっと見ていても飽きないな」

「そうだね」

洋平と高宮は通路を進んでいく。次に二人の前に現れたのはサメだった。解説にはホオジロザメと書かれてある。先ほどの魚たちとは違い、ゆっくりと泳いでいる。

「サメなんて初めて見たよ。すごい迫力だな」

「あの時は怖くてずっと見てられなかった」

「女の子はそうかもな」

それから二人は再び歩きはじめたが、すぐに足を止めた。扇子みたいな形をした平べったい生き物が一匹、優雅に泳いでいるのだ。

「なんだ……これ」

解説には、エイとあった。

「変な、魚だな」

不気味に感じていた洋平は、すぐに移動した。

次の水槽には、ラッコが数匹、遊ぶように水の中を動き回っていた。そして時折、水面に上がる。その動作が、何とも可愛らしかった。洋平の顔から、自然と笑みがこぼれる。エイの時とは違い、長い間眺めていた。

ふと気づくと、高宮の視線を感じた。振り向くと、彼女は目を逸らす。そして、こう言った。

「お母さんとこの水族館に来たのは、五歳の時。あんなに明るかったお母さんが、変わりだした頃だった。私が心臓の手術をしてから、お母さんは毎日のように部屋で泣いていた。それを私は、陰から見ていた」

洋平の表情が沈む。

「なぜ暗くなってしまったのか分からなかった私は、お母さんを元気にさせようと、水族館へ行こうと言ったの。初めは行きたくないみたいだったけど、連れてってくれた。私のことで辛いはずなのに、笑ってくれた。それが、凄く嬉しかった……」

どんな言葉をかけてやればよいのだろう。洋平は、水槽に身体を向けた。結局何も言ってやれなかった。

「私にとって楽しかった思い出の場所は、ここが最後だった……」

その時は思いもよらなかったろう。母が悲しむ原因が、自分にあるということを。

高宮は、話を切り替えた。

「次行こう」

洋平は、力無く返した。

「ああ……」

それから二人は、アオウミガメ、キイロハギ、フェアリーペンギンと見ていき、アザラシが泳いでいる屋外プールにも足を運んだ。ただ、洋平と高宮に会話は一つもなく、生き物を観賞する雰囲気ではなかった。気づけば、館内全てを回っていた感じであった。とうとう、最後の場所である水族館からも去る時が来てしまった。出口のそばで、洋平が足を止めた。もう、聞くしかなかった。

「これから、どうしよう」

すると高宮は首を振った。

「分からない……」

目的を全て果たし、二人には先がなくなってしまった。

「とりあえず、車に戻ろうか」

彼女は、頷く。二人は出口に向かった。すっかり夕日は落ち、辺りは暗くなりはじめていた。

この一日が終われば、また新しい一日が始まる。正直、洋平にはもう逃げ続ける自信がなくなっていた。限界なのではないかと思った。

「この先のことは、これから考えよう」

高宮にそう言って、洋平は運転席に座ったのだった。

どこだ。どこにいる。

館内を捜し回っていたが、見つけられなかった。

横浜で聞き込みをしている際、署から連絡が入った。八景島水族館に、脱走犯に似た二人がいるとのことだった。それを聞き、すぐさま車を走らせた。

「駐車場か！」

急いで外に向かうと、それらしき二人組を発見することができた。南洋平、高宮真沙美の二人が今車に乗り込んだ。その様子を見ていた二人の刑事の一人が慌てて携帯電話を取り出した。もう一人は、車のカギを持って走り出す。

「私です！　通報通り、二人を発見しました！　車で移動する模様。私たちもすぐに追跡します」

刑事は強く返事した。

「はい。それまで慎重に行動します」

刑事は車に乗り込み、部下に言った。

「よし、追え！　見失うな」

しかし、異変に気づいたのはその直後だった。部下がキーを回しても、エンジンがかからないのだ。何度試みても、チッチッチと音が鳴るだけ。

「何やってんだ！」

刑事は怒声を放つ。部下は慌ててエンジンをかけようとするが、結果は同じだった。

「ダメです！　かかりません」

南洋平と高宮真沙美が乗った車は、完全に消えてしまっていた。

「本部へ連絡しろ！」

「は、はい！」

「くそ！　どうなってやがんだ！」

刑事は窓ガラスを思い切り殴りつけた。


遠目から二人の刑事の様子を窺っていた黒スーツの男は、携帯電話を手にし、通話ボタンを押した。

「もしもし、私です。指示通り……」

男の次の台詞を、堺が奪った。

「奴らを止めたか？」

「はい」

力強く返事すると、堺は鼻で笑った。

「よし。そのまま邪魔者を見張ってろ」

男は軽く頭を下げた。

「かしこまりました」

6

完全に、追いつめられた状態だった。行き先もなく、洋平はただひたすら遠くへと車を走らせた。今の洋平には、それしか浮かばなかった。どうにか高宮だけは守ってはやれないか。そう考えているうちに、とうとう箱根湯本まで来てしまっていた。温泉街を抜け、曲がりくねった坂を上がっていく。洋平は、山の途中にある休憩エリアに車を停めた。この時、時計は八時二五分を指していた。

空は真っ暗であった。窓から辺りを見渡す。自然に囲まれた静かな場所であった。ただ、夜は少し不気味だった。風が吹くと木の揺れる音がハッキリと聞こえる。洋平はまず、気分を落ち着かせた。そして、長い長い沈黙を破った。

「寒く、ないか？」

高宮は大丈夫と言う。次の言葉を発するのに、しばらく時間がかかった。

「何だかこの二日間、早かったな」

「……うん」

洋平は彼女に再確認した。

「本当に、お母さんを捜さなくていいのか。会わなくていいのか」

するとと高宮は迷うことなくこう言った。

「いいの」

そして、意味深な台詞を口にした。

「会えないよ……」

「どういう意味だよ」

彼女の反応はない。洋平は引かなかった。

「教えてくれ。昨日何があったんだ」

それでも彼女は無言を通した。しばらく待ったが、何も返ってはこなかった。洋平は諦め、話の内容を変えた。堺の条件を思い出したのだ。

「もう、俺はどうしたらいいのか分からない」

そして高宮に、こう尋ねた。

「まだ、考えは同じか？」

彼女はふと顔を上げた。

「俺だけが捕まっても君は……」

その先は、言えなかった。高宮は、深く頷いた。

「そうか……」

気持ちが変わっていてくれれば、どれだけよかったか。彼女には、その気がない……。

再び、沈黙となる。洋平は、新庄、小暮、池田の三人を思い浮かべた。

お前たちが俺の立場だったら、どうする……。

自分の中で答えを探していたその時だった。高宮が、口を開いた。ある結論を、出したのだ。

「この二日間、ずっと考えてた」

洋平は彼女に顔を向ける。

「本当は、行くのをよそうと思ってた。お母さんが泣いていた場所だから。私にとって、悲しい思い出だから」

「もしかして……」

高宮はこう言った。

「やっぱり、海へ行きたい。これが、本当の最後」

「……海」

「あそこへ行くまで、私は死ねない」

その言葉が、胸に強く響いた。

「もう一度だけ、あの海を見たい」

「その海、どこなんだ？」

高宮は必死に思い出す。

「愛知県。細かい場所は分からないけど……確か伊良湖(いらご)海岸だったと思う。海の近くで、お母さんは育ったって何度も言ってた」

「伊良湖海岸……」

そこが、本当に最後の場所。そこで彼女は、スイッチを押すつもりなのか。そういうことなのか。

それでも、行くべきなのか。どちらにせよ、結果は同じような気がする。

洋平は、答えを出した。

「分かったよ。行こう。夜が明けたらすぐ」

彼女は小さく、返事した。

車を停めてから約一時間が経過した。辺りは、異様に静かだった。洋平の呼吸が聞こえるほど。

寝ているのか、それとも起きているのか。真沙美は、目を閉じている洋平を見つめる。

そして大きく息を吐き、窓に映る自分と向かい合った。

本当は、母に会いたかった。一目だけでもいい。喋(しゃべ)れなくてもいい。できることなら。

でも、会えない。

洋平に、何度も言う機会はあった。しかし、私には言えなかった。辛すぎて。

このままの方がいいと思った。最後まで。後悔はしていない。

明日、母に捨てられる前に行った海へと向かう。あの時すでに、自分の運命は決まっていた。

二度と、行くことはないと思っていたのだが……。

真沙美は、施設での七年を思い返す。出会いと、別れ。考えてみれば、その繰り返しだった。了も、君明くんも、亮太も、みんな自分の前から去っていった。

そして今度は、私の番だ。

死ぬなら、あの海がいい。

やり残したことは……。

心のどこかでは、まだ迷っている。だが、もう一歩踏み出せなかった。

このままでいい。このままで。強引にそう言い聞かす。

真沙美は、ジャンパーのポケットの中にあるスイッチの感触を確かめる。

私にもとうとう、この時が来たんだ……。

自分でも驚くほど、静かな気持ちだった。

時は、刻一刻と進んでいく。少しの狂いもなく。しかしこの日の夜は、人生で一番長く感じられた。

明日、全てを終わらせようと思う……。

7

時計の針が、一定のリズムで音をたて、進んでいく。洋平にとっては、それが耳障りで仕方なかった。身体を休ませようとしても、どうしても寝付けない。数時間後のことを考えると、落ち着かないのだ。

現在、時刻は午前四時。気づいたらそんな時間になっていた。

肝心の高宮は……目を瞑っている。深い眠りに就いているようだ。

思えば、横浜センターに配属となり、彼らの中で一番初めに声をかけてきてくれたのが彼女だった。あの時の笑顔は、今でもハッキリと憶えている。七年以上も閉じこめられているというのに、それを感じさせないくらいの明るさで接してくれた。監視員という立場を忘れる時もあったほどだ。

しかし、そんな彼女を見ていて感じたことがあった。

この子は、心の中に言いようのない闇を抱えているのではないか。

根拠などなかったが、そんな気がした。

実際そうであった。大好きだった母に捨てられた過去があった。今思えば、彼女はその悲しみを忘れるために皆に明るく接していたのかもしれない。普通の女の子のように見えて、実は普通ではなかった。あまりにも哀れな子だったのだ。父を亡くし、母に捨てられ、国の実験台となり、仲間たちにも先立たれ、独りぼっちに。彼女の人生は不幸の連続だった。だからせめて、これから幸せな生活が待っていたっていい。しかし……。

押そうとしている。スイッチを。

海へ行くと言った時の彼女の顔は、それを物語っていた。

不意に、高宮の目がパッと開いた。

「お、起きてたのか」

そうだ。眠れるわけがないのだ。

「いま、何時？」

洋平は時計を再確認する。

「四時、ちょっと過ぎ」

「そう……」

と呟き、彼女は一つ息をつく。それから数分後のことだった。決意に満ちた表情で高宮はこう言った。

「行こうか。海へ」

洋平は少し間を置き、頷いた。と同時に、さまざまな覚悟を決めた。

「よし。行こう」

そう言って、エンジンをかける。ナビで伊良湖海岸を検索する。指が、微(かす)かに震えていた。

『愛知県田原(たはら)市伊良湖海岸』

ここに、間違いないだろう。

「どのくらいで着くの？」

洋平は画面を見て答えた。

「約、五時間くらいか」

「じゃあ、九時くらいには着くんだね」

「ああ」

洋平はライトをつけ、ハンドルを握りアクセルを踏んだ。そして、真夜中の曲がりくねった坂をゆっくりと下っていき、温泉街を通って国道に出た。

ナビの指示に忠実に従う。一般道をしばらく走ると、高速の入り口が見えてきた。洋平は速度をゆるめ、一旦(いったん)停車させた。制服を着た中年の係員に料金を払い、再発進させる。

そして、静岡方面に進路をとった。

愛知県、伊良湖海岸まで、約四〇〇キロ。

車内は、重苦しい緊張に包まれていた。内心、目的地に到着するのが、怖かった。

その頃、ベッドの脇の携帯電話が突然鳴り響いた。浅い眠りから覚めた堺は、携帯を手に取り耳に当てた。

「私だ。何かあったか」

南と高宮を追跡している部下の冷静な声が返ってきた。

「二人が動き出しました。また静岡方面に向かっています」

こんな時間に？　しかも、再び静岡へ？

何を考えている。

「そうか……」

「それよりも本部長」

部下の声が深刻な声音に変わる。

「何だ」

「警察が、奴らに迫っています。捕まるのも時間の問題かと……」

その途端、堺の表情が厳しくなる。

「何だと？」

「まだ大きな動きは見せていませんが、どういたしましょう。また何か工作でも……」

堺は舌打ちする。

結局は、そういう結末になってしまうのか……。

「本部長？」

堺は声を張り上げ命令した。

「お前はそのまま追え！　何かあったらすぐに連絡しろ！」

「かしこまりました」

堺は通話を切り、落ち着いて二人の行動をもう一度考えてみる。すぐにある場所が思いついた。

「……もしや」

母親の故郷へ？　その可能性は、十分あり得る。

堺はすぐに東京の本部へと連絡した。

「私だ。大至急、笹本真琴のアパートへ向かえ。それと、ヘリを用意してくれ」

堺は、準備を整えるため、急いで寝室を出た。

出発してから二時間。空には、朝陽が昇っていた。洋平たちを乗せた車は、静岡県を走っていた。高宮が育った豊田町をもうじき過ぎようとしている。洋平はあえて何も言わなかった。彼女は窓から見える景色を眺めていた。

洋平は、いつ話を切り出そうか迷っていた。すると、高宮が突然こう尋ねてきた。

「そういえば、あまりよく聞いてなかったよね。ナンちゃんのお母さんのこと。どんな人なの？」

諦めたとは言っても、やはり母親のことが気になるか。

それが分かっているから、話しづらい。

彼女は、その気持ちを読みとった。

「私のことはいいから、教えて」

高宮がそう言うならと、洋平は母の姿を思い浮かべ、彼女に語った。

「すごく、優しい人だよ。この前も言ったように、俺が小さいときに父親と離婚したから、一人で俺を育ててくれた。学校から帰っても、母さんは仕事で家にはほとんどいなくて、食事の時も一人で、いつも寂しい思いをしてた。でも仕方なかったよな。生きていくためだったんだから」

「……うん」

「毎晩遅くまで働いていて、すごく疲れているようだった。でも、俺には辛い顔は見せなかった。休みの日は、ずっと一緒にいてくれた。お金がないのに、休日くらいゆっくりしたいはずなのに、いろいろな所に連れていってくれたよ」

高宮は心配そうにこう訊いてきた。

「毎日、大変だったんだね。でも今も、元気なんだよね？」

「ああ……」

洋平は、ポケットの中から一枚の写真を取り出し、高宮に渡した。

「そこに写っているのが、母さんだよ。いつも、持たされていたんだ」

そう言って、洋平は深刻な表情を見せる。

「あのな、高宮」

そして、つばをゴクリと呑み込んだ。

「どうしたの？」

聞かれても洋平は、しばらく口を閉じたままであった……。

8

洋平が全てを話し終えると、高宮の目から、ポツリと涙がこぼれた。静かに泣く彼女の姿を横で見ているうちに、洋平の目も涙で滲む。

次の言葉が、見つからない。すると、高宮は小さくこう言った。

「でもどうして。酷すぎるよ……」

その一言だけで、どれほど楽になったか。

「高宮。もう、泣かないでくれ」

彼女は袖で涙を拭い、顔を上げた。

「許せないよ……」

声を震わせながらそう言う高宮の表情は怒りに満ちていた。

「仕方ないんだ。仕方ないんだよ……」

「でも……」

「もう、いいんだ」

洋平がそう言うと、高宮もそれ以上は口を開かなかった。ただ、気持ちはおさまらないようだった。

洋平は、何も後悔はしていなかった。むしろその逆だった。

車は一直線に走っていく。車中に一切の会話はなく、お互いの心中を思いやる。

それから約一時間後、地図だけを表示していたナビから、とうとう指示が発せられた。

洋平はウィンカーを左に出し、出口へと向かう。午前九時をちょうど回った頃だった。

「もう、ここまで来てしまったんだな」

洋平は料金所で停車し、表示された金額を係員に渡した。これで、有り金全てがなくなった。

「もう少しだからな」

そう言って、高速道路から下りた洋平は、高宮の最後の思い出の場所である、伊良湖海岸を目指したのだった。

洋平たちの目の前に広がっているのは、真っ青な海だった。太陽の光を反射し、水がキラキラと光っている。地図には、遠州灘とある。ただ、高宮の言う海岸にはまだほど遠い。車は、海沿いを走っていった。

その頃、部下の連絡を受けヘリで愛知県へと向かっていた堺は、地上を見下ろしていた。窓にうっすらと映っているのは、隣に座っている笹本真琴。先程からずっと俯いている。気が気ではないといった様子。いや、今ごろ罪悪感を感じている？

堺は、笹本に身体を向けた。

「もうじきで着きますよ」

彼女から返事はない。

「やはり私の読み通りでしたね。それにしても、あなたの故郷へ行って、どうするつもりなんでしょうね。まさか再会を期待しているのでしょうかね」

すると笹本が、ようやく口を開いた。

「考えられるのは、海です……」

「海……？」

聞き返しても、彼女は答えなかった。昔を思い出しているようだった。堺は冷笑を浮かべる。

「まあいい。あとは部下の連絡を待つだけだ」

プロペラ音に包まれる機内。笹本が一点を見つめながら、こう尋ねてきた。

「どうして、私を……」

堺は白々しく答えた。

「罪滅ぼし……でしょうかね」

「ふざけないで」

「ふざけてなどいませんよ。あなたには申し訳ないと思っているんだ。洋平君を迎えに行った日の彼の目が忘れられなくてね」

そう言って、内心では笑っていた。

「罪滅ぼし、というのは言い過ぎでしょうかね。特別ですよ……特別。私もそれなりのポジションを得ることができましたしね」

その時、携帯が鳴り響いた。堺はすぐに電話に出る。

「私だ。どうした?」

部下の言葉を聞き、堺は納得し通話を切った。そして、笹本にこう言った。

「当たりです。あなたの言っていた通りだ。海ですよ」

海沿いに出てから、どれくらいの距離を走ったろう。すでに目的地周辺に来ているので、ナビの案内は終了していた。しかしまだ、高宮の指示がない。海側の景色に変わりはなく、車内は沈黙が続いていた。

洋平は高宮を一瞥する。どうやら彼女の気持ちも落ち着いたようだ。今、何を思っているのだろう。声は、かけなかった。

それからさらに走ると、前方に小さな灯台がうっすらと見えてきた。するとようやく、高宮が口を開いた。

「確か、あの灯台のすぐ近くだった」

その時、洋平は複雑な気持ちを抱いた。

「分かった」

そう、返すしかなかった。

徐々に灯台に近づいていく。洋平は、目の前にまで行くものだと考えていた。しかし、少し手前で高宮はこう言った。

「ここで止めて。この辺りだった気がする……」

当然、砂浜にまで下りられる道はなく、洋平は車をガードレールに寄せて、エンジンを切った。

「じゃあ、行こうか」

高宮は頷いた。二人はドアを開け、外に出た。そして階段を下り、一緒に砂浜を歩いた。繰り返される波の音。強い風。大空を飛ぶ白い鳥たち。周りには誰一人おらず、冬の海は静かであった。妙に、落ち着くのだ。しかし、それからほんの数秒後のことだった。洋平が大きな衝撃を受けたのは……。

高宮が海の方へ歩を進めている時、洋平はピタリと足を止めた。なぜなら、目に映る光景に、見覚えがあったからだ。この位置から見えるあの青い灯台。そのすぐ近くにあるテトラポッド。洋平は後ろを振り返る。周りのこの景色……。

「どうしたの？」

高宮に尋ねられ、洋平は信じられないというようにこう答えた。

「昔ここに、来ているかもしれない」

気のせいか。似ているだけか。何歳の時かは憶えていない。かなり小さい時だった。しかし母と海へ行ったことがあるのは確かだ。その時の映像と、重なるのだ。ただの偶然か。そんなことがあるはずがないか。母親への想いが強いが故に、似ているように見えるのか。

高宮は何も言わず身体の向きを戻し、海に歩いていく。そして波打ち際に立ち、押して引いてを繰り返す。少しすると飽きたのか、こちらにやってきた。

「座ろっか」

声をかけられ、ハッと我に返る洋平。

「あ、ああ……」

二人は砂の上に腰を下ろした。そしてしばらく、海の動きを眺めた。波で揺れるたびに、反射する太陽の光が変化し綺麗(きれい)だった。

先に話し始めたのは、高宮だった。

「この景色、十年前と全然変わらない。ちょうど、この辺りだったかな。お母さんと来た時も。季節も冬で、天気も今みたいに晴れていて、誰もいなくて……。私は砂で山を作ったり、海の側まで行って遊んでた。でもお母さんは……」

自分が悲しくなるからだろうか。その先は言わなかった。

「何だか、本当にアッという間だった。この七年間。施設にいた頃は、長く感じられたのにね」

洋平はその言葉に強く反応し、彼女に顔を向ける。

「高宮……」

「ずっとみんなといられると思ったけど、無理だったね。仕方ないよね」

その台詞(せりふ)が、洋平に重くのしかかる。

「俺の、せいだな」

高宮は慌てて首を振る。

「そうじゃない。そういう意味で言ったんじゃないよ」

今ごろになってまた思う。自分は正しかったのかと。いくら考えても、答えは出ない。

「何でだろ。辛いことばっかりだったのに、あの頃が懐かしく感じる。多分、亮太や了や君明くんとずっと一緒にいたからだよね。あの三人は、本当の友達だよね」

それだけは自信を持って答えられる。

「ああ」

そう言ってやると、彼女は嬉しそうに微笑んだ。心の底から。作ってない表情を見るのは、何日ぶりだろう。

洋平は、安心する。彼女が突然、自分の過去を語りだした。

「私には、本当の友達が一人もいなかった。学校にも、孤児院にも。お母さんに捨てられてから、私の何かが変わった。別に人を避けてたわけじゃないんだけど、ずっと強がっていた。だから、見かけだけの友達しかいなかった」

洋平は相槌をうつ。

「施設に入れられてからもそうだった気がする。でもあの三人は違った。こんな私にも優しくしてくれた。四人になって私たちは、お互いの過去を言い合って、絶対にスイッチを押さないと誓った。あの日からかな、本当の友達ができたと思ったのは。結局最後まで私は、みんなに強い自分を見せようとしていたんだけれど……」

高宮は遠くの方を見つめながら続ける。

「私には、みんなのように生きる理由がなかった。だから、いつでもスイッチを押せた。でも押さなかったのは、三人がいたから。ただ、一緒にいたかった。ほとんどの時間を、亮太たちと過ごした。昼間は君明くんの絵につき合って、夜は亮太と了と少ない会話を交わす。それで、個室に戻る。その生活が、ずっと続いた。それでもみんな、諦めなかった。それから七年、施設にナンちゃんがやってきた。ナンちゃんが、私たちを助けてくれた」

「俺は……」

助けたと、言えるのだろうか。

洋平は高宮に言葉を遮られる。

「初めは、ただの監視員だと思っていたけど、違ったよね。ナンちゃんだけは、私たちのことを一番に考えていてくれた。みんな、それが少しずつ分かっていった。だから了は、幼なじみのことを話した。大人を絶対に信用しなかった了が。でも……」

高宮は、言葉を切る。池田がスイッチを押したあの日のことを思い返しているようだった。

「了が死んじゃった翌日、ナンちゃんは私たちを施設から連れ出してくれた。捕まったら殺されちゃうかもしれないのに。でもそのおかげで、君明くんも、亮太も、自分の夢が叶った。少しの間だったけど、私もすごい楽しかった。廃校で過ごしたあの数日間は、私にとって本当にいい思い出になったよ」

砂を掴んだ洋平は手を開く。風が吹くと、サラサラと飛んでいく。

「もし、俺が脱走なんて考えなければ、新庄も小暮も、まだ生きることはできたろうな……」

「生きることはね。でも、同じ日々を繰り返しているだけだった。私だって。生まれた場所に行くこともできなかったし、お母さんの……過去を知ることも……でもナンちゃんのおかげでみんな、後悔せずにすんだ。バラバラにはなっちゃったけど、これで良かったんだよ」

高宮は長い間を置き、こう呟いた。

「本当に、ありがとう」

そこで、一旦会話が途切れた。高宮は、立ち上がろうとする気配を見せなかった。洋平も、じっと座っているだけだった。

時折、大きな波が音を立てる。もう、彼女には何も言わなかった。全てを委ねると、決めたのだから。

ふと高宮に顔を向けた時、彼女はこう洩らした。

「ナンちゃんも、私たちを見ていて、苦しかったんだね……」

洋平は、頷く。

「ああ……」

「でも私は、ナンちゃんに会えて良かったって思ってる」

洋平は小さく口を動かした。

「……俺もだよ」

「二人になってから私、わがままばかりだったね」

洋平は優しい顔を見せる。

「そんなことないよ」

「でも嬉しかった。お母さんとの思い出の場所に行けて」

「そうか」

二人は再び、青い景色を見つめる。洋平は、これまでの自分を思い出していた。

冷たい潮風。海の香り。鳥の鳴き声。

別れは、突然訪れた。

高宮が、こう言ったのだ。

「ナンちゃん……」

「うん？」

「もう少し、一緒にいたかった……」

その途端、洋平の表情が曇った。

「え？」

彼女は、首を後ろに向けていた。視線の先には、数台のパトカー。通り過ぎはしなかった。自分たちの車の傍に、停まった。

だが洋平は、狼狽えはしなかった。逆に、実感していた。

ああ、もうじき全てが終わるのだと。

こうなれば、彼女のとる行動は一つしかなかった。

「もう、いいよね」

洋平は、どちらとも答えなかった。

「いつかこうなることは、分かってたし」

ただ、急すぎた。僅かな時間でもいいから、もうちょっとだけ、彼女の近くにいたかった。

最後の一台が停車する。二人はパトカーに背を向けた。

「本当はね、昨日から決めてたんだ。この海へきたら、スイッチを押そうって」

それは、感じていた。

「……ああ」

「もう逃げられないし、仕方ないよね。これまでよく、頑張ったよね」

後ろから、慌ただしい足音。

洋平の、心臓の動きが激しさを増す。

高宮がとうとう、スイッチを取り出した。しかし、すぐに押しはしなかった。まだ何か、伝えたいことがありそうだった。

「あのね、前にお母さんがここで泣いていたって言ったでしょ？」

洋平は、その時の会話を思い出す。

「そういえば」

彼女はボソリとこう言った。

「もう一つの意味が……あったなんて」

「え？」

聞き返すと、高宮は躊躇った表情を見せた。そして首を横に振り、潤んだ瞳をこちらに向けた。

「……何でもない」

「そうか」

大勢の警官は、間近にまで迫ってきていた。

洋平は、すでに覚悟ができていた。

「ナンちゃん……」

二人は、見つめ合う。

「もう、押すね」

洋平は、ああ、と答えた。

「ごめんね……そして本当にありがとう」

それが、高宮の最期の言葉だった。

彼女の親指が、スイッチに触れた。その途端、全ての警察官の動きが、止まった。

一月五日。

午前九時五五分。

長く続いた実験に、終止符が打たれた。

悲しすぎる、別れとともに……。

エピローグ

砂浜に光を注いでいた太陽が、雲に隠れた。突風が吹き荒れ、砂埃(すなぼこり)が舞う。遠くから波が迫ってくる。大きな音が、周囲を包み込んだ。海水が押し寄せ、引いていく。そして再び、穏やかな海に戻る。

瞼(まぶた)を閉じると、一筋の涙がこぼれた。手の甲にポツリと落ちる。ほんの少しの温(ぬく)もりを感じた。

本当に、これで一人……。

肩にもたれかかった洋平の眠る顔を、真沙美は見つめていた。

彼の左手を、そっと握りしめる。少しずつ、少しずつ、冷たくなっていく。

「……ナンちゃん」

もう、声は返ってこない。真沙美は砂の上に、彼のスイッチを静かに置いた。

突然の告白だった。

「あのな、高宮」

この海へ向かっている最中だった。どうしたのと尋ねると、洋平は右手をダウンジャケットのポケットに入れた。するとなぜか、スイッチが出てきたのだ。その瞬間、真沙美は混乱状態に陥った。言葉を失っていると、洋平がこう言ったのだ。

「驚いたろ。そうなんだ。俺も、実験対象者なんだ」

あまりに唐突すぎて、言っている意味がよく分からなかった。いくら考えても、頭の整理ができなかった。

信じられない。その一言だけだった。

「黙ってるつもりだったけど、やっぱり話すよ。落ち着いて聞いてほしい」

ショックが大きすぎて、何の反応もできなかった。洋平は、過去を語りだした。

「十七年前、国がプロジェクトを開始してしばらく経った頃だ。まさか自分が選ばれるなんて。いや、あの日から、俺の運命は決まっていたんだろうな……」

「あの日？」

尋ねても、洋平はまだそのことには触れなかった。

「母親から引き離された俺は、東京都にある江戸川センターに入れられた。そこでお前たちと同じように実験の説明を受け、スイッチを渡された。信じられなかったよ。どうして自分がこんな目に遭わなければいけないんだ。ここから出してくれ。お母さん助けてって、叫び続けた。でも、無駄だった。その日から、地獄のような生活が始まったんだ」

じゃあ、どうして今ここに？　真沙美には予測がつかなかった。

「自由を奪われた俺は、いや俺たちは、何もない狭い空間で、ただ何もせず過ごした。高宮たちと同じように。

初めは二十人。みんな十歳の子供だ。どうにかなると思っていたんだろう。中には、無邪気な奴もいた。けれどほとんどが、恐怖と不安を感じていた。俺もその一人だった。でもまだその時は希望があった。きっとお母さんが助けてくれる。そう信じていた。だが結果は、言うまでもない。甘かったんだ」

洋平は、続ける。

「施設に収容され一週間が経つと、一人目の犠牲者が出た。女の子だった。監視員から、個室で押したと聞かされた。そこからだ。次々と仲間が死んでいったのは。簡単に押す者。精神状態がおかしくなって押す者。群集心理の興奮状態の中で集団で押した奴らもいた。一年もしないうちに半分がいなくなり、その半年後には五人になった。男子三人。女子二人。みんな、一日一日を頑張って生きた。でも、それぞれ限界は近づいていたんだ。耐えられず一人、また一人。誰かが押すと心が弱くなってしまうんだ。だから自分もと……。収容されてから二年。残ったのは俺と、福本静香（ふくもとしずか）という女の子だった。彼女にはどうしてもスイッチを押せない理由があった。施設に連れて行かれる時、一緒にいた好きな男の子に、いつもの公園で待っていると言われたそうなんだ。だから今も待ってくれていると、ずっと信じてた。でもその強い思いも、日に日に薄れていった。どうせもう公園にはいないと、諦（あきら）めてしまったんだ。二人になって半年もしないうちに、彼女は死んでしまったよ。そして俺は、独りぼっちになってしまった」

イスにポツリと座る一人の男の子。その映像が、真沙美の頭にハッキリと映った。

「これ以上生きていても仕方ないのではないか。その頃には母親のことは諦めていた。押せば楽になる。そう思った。でも、どうしても押せなかった。俺は……死ぬのが怖かったんだ。死に、怯（おび）えてたんだ。あの日の出来事が、どうしても頭から離れなかったんだ」

「あの日の出来事？」

洋平は長い間を置いて、再び口を開いた。

「父さんと母さんは離婚した、って言ったけど、嘘なんだ。父さんは、自殺したんだ」

なぜ嘘をついたのか、真沙美には理解できなかった。

「どういうこと？」

「父さんには姉がいて、その息子が、俺たちと同じ実験の対象者だったんだ。でも姉夫婦は、自分の息子が国に奪われるのがどうしても納得できず、センターから息子を取り返そうとしたんだ」

「まさか……」

「二人とも処刑されたよ。でもそれで終わりじゃなかった。三人の男たちが、家にやってきたんだ。父さんに姉夫婦が処刑されたと知らせるために……」

そこで一旦、話が途切れた。洋平は過去を振り返っているようだった。

「……殺してしまったんだ」

真沙美は、ハッと息を呑んだ。洋平はあくまで冷静だった。

「怒りを抑えきれず、国の奴らを。まだ小さかった俺は父さんを止められなかった。三人の男を包丁でめった刺しにして、その後自ら……」

怖くなった真沙美は、血で染まった残酷な映像をかき消した。

「血まみれになった死体を見たあの日から俺は、死というものが怖くなった。異常なほどに。それに生き続けることが、政府への反抗でもあった。だから辛くても、苦しくても、耐えたんだ。同じ時間に起き、朝食を摂り、L室で何もせず過ごす。昼食、夕食、そして個室へ戻る。一晩中、机の明かりを点けたり消したり。何もやることがないから、気が付けばライトをいじってばかり……」

次の言葉に、真沙美は耳を疑った。

「そんな日々を過ごしているうちに、また暖かい春がきて、暑い夏、涼しい秋、そして寒くて辛い冬がやってくる。季節は変わっても、同じような日々を俺は、十五年繰り返した」

　さすがに驚きを隠せなかった。

「一人で……十五年」

　そんな、まさか……。

　気が遠くなるような年数だった。

「先の希望なんてなかった。ただ生きていければよかったんだ。気が付いたら二十五だ。いい大人になってたよ。でも……」

「でも？」

「タイムリミットがあったんだ」

　真沙美は首を傾げる。

「タイム、リミット？」

「そう。要するに時間切れだったんだ。施設に収容され十五年が経った四月一日。堺という男が、俺の所にやってきた。そしてこう言ったんだ。

　実験開始から十五年。君に与えられた期間は昨日で終了した。よって、今からスイッチを押してもらう、と」

「そんな……」

「俺だってそう思った。実験開始日にそんな話はされなかったんだ。でも堺は、とにかくスイッチを押せと言うんだ」

「けど……」

洋平は頷く。

「俺はこうして生きている。諦めかけてた俺に、堺は特例だとか言って、ある条件を出してきたんだ」

「もしかして」

「そう。この場で死ぬか、監視員になるか。堺がどんなつもりでそんな条件を出してきたのかは分からない。でもあの時の俺には細かいことを考える余裕なんてなかった。生きられるならと、監視員になるのを選んだんだ。子供たちの敵である監視員に。大人たちに憤りを感じていたにもかかわらず。でもそれしかなかったんだよ」

「仕方ないよね……」

「ただし堺はこう言った。忘れてはならない。監視員になっても、君の実験は続いている。もし監視員の立場を放棄した時は、ただでは済まさないと」

「そんなことが、あったなんて」

「俺は十五年ぶりに施設の敷地から出ることができた。まず最初に頭に浮かんだのは母親だった。でも、堺からある事実を聞かされたんだ。君の母親は現在行方不明だと。確認はされていないが、死亡している可能性もあると。突然そんなことを言われても、信じられるわけがなかった。昔住んでいた場所以外、手掛かりなんてないし、事実アパートにはもういなかった。それ以上、俺には捜しようがなかった。いつの日か会えることを信じる他なかったんだ。そして俺は、八王子センターで監視員の日々を送った。遅れていた知識や言葉を勉強しながら。でもいくら自由を得ても、幸せだと思ったことなど一度もなかった。むしろその逆だった。何人もの子供の死を見なくてはならなかったんだから。一人いなくなるたび辛い思いをし、何とか助けてやれなかったのかと、できもしないくせにそう考え逃げていた。そんな日々を二年繰り返し俺は、横浜センターにやってきたんだ。初めは正直驚いたよ。七年以上も生き延びている子供が四人もいたんだから。俺はずっと、お前たちと自分を重ねていたんだ。じっとしていられなかったのは、だからかもしれない。いくら待っても、希望が訪れないことは分かっていたから」

「ナンちゃん……」

「ごめんな。ずっと黙ってて」

その直後だった。洋平が自分のスイッチを渡してきたのは。

「こんな事件を起こしてしまったんだ。もう生きられない。たとえまた生きるための条件を出されても、国の言いなりにはならない。でも、やっぱり自分では押せない。だから……もし、高宮にその時が来るのなら、一緒に、押してほしい」

真沙美は、心臓が停止した洋平の頭を優しくなでた。頬はもう、冷たくなっていた。

あの時、絶対に泣くまいと我慢していた。しかし、どうしても堪えることができなかった。

なぜ、私たちだけが不幸にならなければならないのか。あまりに酷すぎる。彼の痛み、苦しみを思うより、隣に座っているこの人は、自分の兄なんだ。改めてそう思った瞬間、涙がこぼれた。

まさかもう一つ隠された事実があるなんて、思ってもみなかった。

洋平が兄だと分かっただけで、十分ショックだったのに……。

園長に呼び出され、真実を聞かされた時、頭が真っ白になった。

『どうやらあなたには兄弟がいるようなの。あなたを捨てていく時、お母さんはこう言っていた。息子を奪われ、真沙美も……。その時、私にはよく意味が分からなかった。でも、あなたが施設に連れて行かれたと知った時、その言葉の意味が分かったわ』

その後、園長宛に届いた手紙を渡された。差出人には堺という名が記されており、中には一通の戸籍謄本が入っていた。

父親は違うが、南洋平が血の繫がった兄だったなんて。その瞬間、彼に対しての見方が変わった。

初めて好きという感情を抱いたのに。

私は、人を好きになることも許されないのか。そう思った。

戸籍謄本という物を見て、目の前が真っ暗になった。洋平が施設にやってきたあの日から今日までが、一気に蘇った。

すぐには状況を飲み込めなかった。

気持ちを落ち着かせ、一つひとつ整理していった。

笹本真琴。旧姓、南真琴。

洋平は、小さい頃に両親が離婚したと言っていた。が、事実は違うものだった。父親が殺人事件を起こした後、吉田から南に戻っている。戻さざるを得なかったのだろう。そしてお母さんは、笹本信広と結婚し、私が生まれた……。

その時は、じゃあどうして私がお母さんと暮らしている時、兄がいなかったのかと疑問を抱いたが、すぐに園長の言葉を思い出した。

息子を奪われ……。

何らかの事情があったんだと思った。でも、洋平から過去を聞かされ、全ての謎が解けた。

ずっと、あなたは私の兄だと言いたかった。

でも言えなかった。思い出の場所を回りながら、母の過去を洋平に聞かせたのは、気づいてほしかったからなのかもしれない。

自分の母に、どこか似ていると。だがそんなの無理に決まっていた。自分から伝えない限り、分かるはずがない。

本当なら、母に会えれば良かった。洋平に事実を知ってもらえるから。でも、たとえ母の居所が分かったとしても、会えなかった。

息子を奪われ、娘も。

その二人が突然目の前に現れたらどうだろう。三人で一緒に暮らしている過去があるのなら、素直に喜べるだろう。だが、母は肝心なことをずっと隠していた。実の子とはいえ、私たちに会って本当に嬉しいだろうか。そう考えたらとても会おうとは思えなかった。

どちらにせよ、母に会うことはできなかったろう。行方不明か、すでに……。

真沙美は、洋平のダウンジャケットから写真を取り出した。

背の低い、髪の長いかわいらしい女性。

会うことはできなかったが、最後に顔を見ることはできた。洋平が持っていたこの写真。ずっと若い母が写っていたのだ。

写真を見ても、言えなかった。それどころか、必死に動揺を隠した。真沙美は、改めてこの海岸を見つめた。

そう、洋平の記憶は間違ってはいない。来ているのだろう。私が生まれるずっと前に、母と。

洋平に言いかけたあの台詞。

母が泣いていたもう一つの意味。

思い出していたのだろう。息子と来た時のことを。そして、息子を奪われた過去を。今度は、この子がと……。

もう二度とあんな辛(つら)いことは味わいたくない。

だから私を、捨てた……。

また、涙がこぼれた。

後ろから、男に声をかけられた。

「高宮真沙美だな」

真沙美は振り返ることはしなかった。

洋平の顔を見つめながら、亮太、君明、了の三人を思い浮かべる。

何も思い残すことはない。

これ以上、生きようとは思わない。

いよいよ私にも来たのだ。

スイッチを、押すときが。

躊躇(ためら)いなどなかった。隣に洋平がいる。そう思うだけで、心のどこかにあった恐れは消えた。

真沙美は、自分のスイッチを手に取った。

もう何も考えない。目を閉じ、頭の中を無にし、波の音を聞いた。そしてもう一度、洋平を見つめた。

真沙美は最後に、こう呼んだ。

「ありがとう……お兄ちゃん」

ゆっくりと、スイッチを押した……。

真沙美の身体は、洋平に被さるようにして倒れた。

大勢の警官が、一斉に引き下がった。入れ替わるようにして、ようやく海岸に到着した堺と笹本真琴が、二人の遺体の前で足を止めた。兄妹が、寄り添って眠っている。哀れな光景だった。

「洋平……真沙美」

悲痛な表情を浮かべる真琴に、堺は言った。

「何年ぶりですか。あなたの、お子さんたちですよ。まさか生まれ故郷で再会するとはね」

張りつめていた糸が、プツリと切れた。真琴は二人の前で泣き崩れる。すぐ傍に、一枚の写真が落ちていた。洋平に渡した写真である。

「ごめんね……ごめんなさい」

真琴は、洋平と真沙美の身体を強く抱きしめる。堺はその様子をしばらく見守り、言葉をかけた。

「あなたも可哀想な人だ。二人の子供を、国に奪われたんだから」

真琴は、二人の名前を繰り返し叫ぶ。

「子供たちと同じように、あなたも不幸の連続でしたね。初めの夫は殺人を犯し自殺。一人で息子を必死に育てる。しかし、国からの通知が届く。五年後、息子と別れたあなたは二人目の旦那(だんな)と結婚し、娘を産む。だがほどなくして夫を亡くす。その時はまさか、娘も奪われるなんて思ってもいなかったでしょうね。国を、そして自分の運命を恨んだでしょう」

「私が、一体何をしたっていうんですか……どうして」

「あなたは何も悪くありませんよ。ただ、運が悪かっただけだ」

運で全てを片づけられた瞬間、真琴は完全に力尽きた。

「やっと、終わったんですね。この二人、よく頑張りましたね。でもね、あなたには申し訳ないが、私にとっては高宮真沙美は興味のない存在だったんですよ」

突然の告白に、笹本は振り返る。しかし、瞳(ひとみ)に力はない。

「娘さんだけじゃない。横浜の施設にいた他の三人の子供たちもです。彼らはいわば、捨て駒だったんですよ」

堺は不敵に笑い、こう言った。

「私は、どうしても南洋平に、自らの意志でスイッチを押させたかった。十五年も一人で施設にいた彼にね。上の連中も、実験などどうでもよくなっていた。ただ、彼がスイッチを押すことにだけ興味があった。このままでは埒があかない。そこで私が上に提案したんです。監視員をやらせてみたら面白いのではないかと。今度は逆の立場で子供たちの死を見せる。苦しい日々に耐えきれず、スイッチを押すのではないかと。彼は私の条件をのんだ」

堺は、洋平の遺体を一瞥する。

「私に縛られているとはいえ、一応は自由の身となった彼の最初の行動は考えていた通りでしたよ。あなたに会うこと。でも私は彼に嘘をついた。行方不明だと。最悪、死んでいる可能性もあると。なぜなら、次の展開をすでに頭に入れていたからです。八王子で監視員をやらせ、それでも押さないようなら、妹のいる横浜に異動させようと。もしあなたに会えば、妹の話をされる。いくら彼にスイッチを押させたいからって、そんな展開ではつまらなかった。何らかのきっかけで高宮真沙美が自分の妹だと知り、もしその妹が死ねば、きっと彼は押すだろう。そうなれば最高の結末だ。

まさか、私の予想通りに事が進んでいくとはね。脱走することも、あり得なくはないと考えていた。だから本当に計画通りだった。でも……」

堺は一旦言葉を切り、息を吸い込んだ。

「最後の最後で、妹に押されるとはね……どんな気持ちだったんでしょうね。妹になら、この海でなら、本望だったんでしょうね」

彼には、十分楽しませてもらった。

「終わったんですね。全てが。長い年月、彼を見てきましたからね。少し、寂しくもあります。今年の四月から、横浜の施設には新たな子供たちが収容されます。八年ぶりにね。でももう二度と、南洋平のような子は現れないでしょうね」

洋平は最期まで、真沙美が妹だとは知らなかった。

堺は、自分が一つだけ間違っていることに気づいてはいなかった。

「死んでいるようには見えませんね。眠っているようだ。二人とも」

そう言って、真琴に声をかけた。

「もうじき、遺体は運び出されます。そろそろ行きましょうか」

真琴は、立ち上がらなかった。堺に背を向けたまま呟く。

「少しだけ、三人にしてください」

堺はひと息ついて答える。

「分かりました。それでは車の中で待ってます」

そう伝え、堺は去っていった。

砂浜には、三人の家族が残された。こんな形で、二人と再会するなんて……。

穏やかな風を受けながら、真琴は改めて洋平と真沙美を眺めた。

「こんなに、大きくなって……」

子供の頃の顔と今を重ねる。随分と、変わってしまった……。

「二人とも、辛かったね……。私は、何もしてあげられなかった」

逃げているばかりだった。母親の資格などない。二人は私を恨んでいるだろう。でもこうして最後に会えてよかった。せめて一言だけでも喋りたかったが、それは叶わなかった。

二人が、可哀想でならない。

洋平は十五年。真沙美は七年施設に閉じこめられ、死ぬまで、国の玩具にされていたんだから……。

そう思うと涙が止まらなかった。

『お母さん』

真琴はハッとする。

突然、二人の声が重なって聞こえてきたのだ。その瞬間、洋平、そして真沙美とここへ来た時の記憶が蘇った。ちょうどこの場所で、同じ海を見たのだ。

あの頃に、戻ったようだった。

しかしすぐに、現実に引き戻された。

瞳に映るのは、死んでしまった二人。いくら思い出しても、動き出してはくれない。二人を失ってから私は、まるで生きてはいなかった。アパートで一人、何となく死なずにいる。そんな感じだった。

それではいけなかった。生きることを許されなかった二人の分まで、これからは生きていかなければならない。

ずっと、こうして一緒にいたい。でも、別れなければならない。

真琴は、二人の手を繋(つな)がせた。その上に自分の手を置き、目を閉じた。

さよなら。

そう囁(ささや)き、立ち上がった。そして、身も心もぼろぼろに傷つき、かすかな思い出だけを頼りにこの海まで辿(たど)りついた二人の身体に背を向けた。

ゆっくりと歩き出す。徐々に、二人から離れていく。我慢できず、振り返る。

真琴は、見ていた。

幼かった頃の二人が、楽しそうに砂浜で遊んでいるのを……。

「洋平……真沙美」

真琴が呼びかけると、二人はこちらに顔を向け、幸せそうに笑った。

解説

岡本　貴也（脚本家・舞台演出家）

あり得ない。山田氏の書く小説は、その設定が現代日本では絶対にあり得ない。この物語においては、自殺するためのスイッチを子供に持たせて監禁実験する。通常の国家がこんなことを行うのはまず不可能だ。

しかし逆にそのような〝あり得ない〟設定から浮かび上がってくるのは、現在の民主主義下において如何（いか）に我々が平和に過ごしているかということだ。この国は平和である。いや、平和であると見せかけるのが上手いのだ。上野千鶴子的に「今日のように明日もつづく」ことが平和だとすれば、この国はまさに変化が苦手な平和国家だろう。是か非かはさておいて、先進国で憲法を改正したことがないのは日本だけだ。

しかしそんな変化のない平和の陰で、この十年、毎年三万人以上の夥（おびただ）しい数の国民が自殺し続けている（ただし実はこの物語のような二十歳以下の割合は低い）。交通事故死者数の約五倍である。その交通事故死は今や七十年代前半の約三分の一にまで減ったが、自殺者数は大きな変化をみせないでいる。フィクションが時代を横断的に斬（き）る役割を持つとするならば、『スイッチを押すとき』はこの時代に生まれるべくして生まれた物語だろう。折しも、この小説が発表された翌年に自殺対策基本法が施行された。

小生が二〇〇六年にこの小説を舞台化する際、山田氏にお会いした。失礼な言い方だが、どこにでもいる普通の青年に見えた。気取らず、きさくで、服装もごく普通で、ベストセラー作家にありがちな偉ぶるところなど一切なかった。しかしそんな彼だからこそ、日常や社会に潜む影を浮き上がらせるような設定を思い付き、それらすべてをトップセラーにさせることができるのかもしれない、そう感じた。

小説はそのままでは演劇にはならないので、原作をどこまで崩してよいかをお伺いした。これは非常に緊張する質問であった。原作者である小説家に向かって、それをお借りする立場である脚本家が「話のオイシイところだけを拾って舞台にしていいか」と問うのは、破談になるほど失礼に当たることがある。互いが同じ〝物書き〟だというのも、場合によっては緊張関係を生む。

しかし山田氏はあっさりと「僕はそういうことは気にしません。好きにしていただいて大丈夫ですよ」と笑顔で答えて下さった。同氏の他の作品が次々と映像化され始めた時期であるとはいえ、彼の心意気に感服した。

舞台を作り上げていく上で、演劇プロデューサーの米田理恵と小生の意見は全く一致した。それは、この舞台にはセットが不要である、ということだった。なぜなら山田氏の発明した「自殺スイッチ」という〝小道具〟が、圧倒的なパワーと存在感を持っていたからだ。この舞台は、スイッチさえあればいい。それ以外には何も要らないし、あっては邪魔だ。それほど強烈なアイテムを山田氏は編み出していた。毒薬でも首つり用のロープでも拳銃でもなく、彼はクリック一つで死ねる自殺専用の道具を発明したのだ。

とにかく素晴らしい発明品であるがゆえ、自殺スイッチは派生的な物語を大量に生む。舞台化は二度行われたのだが、小生は再演（二〇〇七年）の際には初演の台本を捨てて一から書き直すことができた。登場人物も小説にはない被験者を二人足した。この小説を読んでいる途中でも、五歳で被験の宣告を受け十歳で拉致されるまで家族はどう過ごしたのだろうとか、他のセンターの子供はどう死んだのだろうとか、ずっと独りで生きてきた矢田遥はどんな生活をしていたのだろうとか、坂本や笹本真琴や堺は一体どんな人生を歩んできたのだろうとか、何より南洋平の半生はどういうものだったろうとか、いくらでも想像が膨らんでいくではないか。実際に存在してはならない「あり得ない」ものだからこそ、スイッチから放たれるイメージはどこまでも広がっていくことができるのだ。

もう一つ、プロデューサーと一致したアイデアがあった。それは、通常の客席の形状（プロセニアムやスラスト）を取らずに、舞台の四方を客席で囲んだアリーナ方式で上演しようということであった。実際に青山円形劇場（初演）も新国立劇場（再演）でも、セットが何もないフラットな舞台をぐるりと客席が囲んでいた。センターに監禁されている子供たちを、看守だけでなく観客にも「監視」させようというのがその意図だった。南洋平や高宮真沙美らは、大勢の観客が見守る中で友情をはぐくみ、裏切られ、愛を確認するかのように静かにスイッチを押していった。そして、暗転。それまで娯楽性の高い演劇ばかりを観てきた観客には、強烈なインパクトを与えたようだった。それは山田作品を読んだことのない読者がこの本を読んで覚えた戦慄と似ているのではなかろうか。これこそがまさに、スイッチの持つパワーだといえよう。

人はなぜ自ら死ぬのか。そしてその数は減らすことができるのか。現在、二百億円の予算がついて国家レベルで分析・研究・対策が行われている（まるでこの作品のようだ）。自殺を禁じる宗教の信者が少ないから、いじめが多いから、不景気だから、など断片的な意見はあるものの、抜本的な解決策は見つかっていない。しかし我々に出来ることも少なからずあるはずだ。「死にたいと訴える人間は死なない」「自殺は突然、衝動的に起きる」などという間違った見識を鵜呑みにせず、正しい知識を身に付けることで、周りの誰かを救うことができるかもしれない。

そんなメッセージをこの作品から受け取ったのは、小生だけであろうか。

本書は、二〇〇五年八月、文芸社より刊行された単行本
『スイッチを押すとき』を文庫化したものです。

スイッチを押(お)すとき

山田悠介(やまだゆうすけ)

平成20年 10月25日　初版発行
平成27年 4月10日　28版発行

発行者●堀内大示

発行所●株式会社KADOKAWA
〒102-8177　東京都千代田区富士見2-13-3
電話 03-3238-8521（営業）
http://www.kadokawa.co.jp/

編集●角川書店
〒102-8078　東京都千代田区富士見1-8-19
電話 03-3238-8555（編集部）

角川文庫 15386

印刷所●株式会社暁印刷　製本所●株式会社ビルディング・ブックセンター

表紙画●和田三造

ISBN978-4-04-379206-1　C0193

角川文庫発刊に際して

角川源義

第二次世界大戦の敗北は、軍事力の敗北であった以上に、私たちの若い文化力の敗退であった。私たちの文化が戦争に対して如何に無力であり、単なるあだ花に過ぎなかったかを、私たちは身を以て体験し痛感した。西洋近代文化の摂取にとって、明治以後八十年の歳月は決して短かすぎたとは言えない。にもかかわらず、近代文化の伝統を確立し、自由な批判と柔軟な良識に富む文化層として自らを形成することに私たちは失敗して来た。そしてこれは、各層への文化の普及滲透を任務とする出版人の責任でもあった。

一九四五年以来、私たちは再び振出しに戻り、第一歩から踏み出すことを余儀なくされた。これは大きな不幸ではあるが、反面、これまでの混沌・未熟・歪曲の中にあった我が国の文化に秩序と確たる基礎を齎らすためには絶好の機会でもある。角川書店は、このような祖国の文化的危機にあたり、微力をも顧みず再建の礎石たるべき抱負と決意とをもって出発したが、ここに創立以来の念願を果すべく角川文庫を発刊する。これまで刊行されたあらゆる全集叢書文庫類の長所と短所とを検討し、古今東西の不朽の典籍を、良心的編集のもとに、廉価に、そして書架にふさわしい美本として、多くのひとびとに提供しようとする。しかし私たちは徒らに百科全書的な知識のジレッタントを作ることを目的とせず、あくまで祖国の文化に秩序と再建への道を示し、この文庫を角川書店の栄ある事業として、今後永久に継続発展せしめ、学芸と教養との殿堂として大成せんことを期したい。多くの読書子の愛情ある忠言と支持とによって、この希望と抱負とを完遂せしめられんことを願う。

一九四九年五月三日

角川文庫ベストセラー

パズル　山田悠介

超有名進学校が武装集団に占拠された。人質となった教師を助けたければ、広大な校舎の各所にばらまかれた2000ものピースを探しだし、パズルを完成させなければならない⁉　究極の死のゲームが始まる！

8.1 Horror Land　山田悠介

ネットのお化けトンネルサイトで知り合ったメンバー。心霊スポットである通称「バケトン」で肝試しをするために、夜な夜なバケトンに足を運んではスリルを味わっている――そう、あのバケトンに行くまでは！

8.1 Game Land　山田悠介

デートで遊園地にきたカップルは、ジェットコースターに乗り込んだ。その途端、「今から生き残りレースを始めます。最後の一人になるまで続きます」とアナウンスされた。果たして残酷なそのゲームとは⁉

ライヴ　山田悠介

火曜の朝に始まった、謎のTV番組。『まもなくお台場よりレースがスタートいたします！』。予測不可能なトラップに、次々と脱落していく選手たち。彼らが命を賭けて、デスレースするその理由とは⁉

オール　山田悠介

一流企業に就職したけれど、やりがいを見つけられずに辞めてしまった健太郎。偶然飛び込んだ「何でも屋」は、変な奴らに、変な依頼だらけだった。ある日、メールで届いた依頼は「私を見つけて」⁉

角川文庫ベストセラー

オールミッション2 山田悠介

生意気な後輩・駒田と美人の由衣が仲間に加わり、毎日が落ち着かない健太郎。そのうえ、相変わらずおかしな依頼ばかり。健太郎はだんだん由衣のことが気になってきたが、駒田も由衣を狙っている⁉

スピン 山田悠介

ネットで知り合った、顔を知らない6人の少年たち。「世間を驚かせようぜ！」その一言で、彼らは同時刻にバスジャックを開始した！　目指す場所は東京タワー。運悪く乗り合わせた乗客と、バスの結末は⁉

パーティ 山田悠介

小学校から何をするのも一緒だった4人の男子は、ずっと守っていた身体の弱い女の子を、大人にだまされ失ってしまう。それから幾月——彼らは復讐を誓い神嶽山に集合する。山頂で彼らを待つものとは⁉

モニタールーム 山田悠介

無数のモニターを見るだけで月収百万円という仕事に就いた徳井。そこに映っていたのは地雷で隔絶された地帯に住む少年少女たちの姿で——⁉

アバター 山田悠介

高校2年生で初めて携帯を手に入れた道子は、クラスを仕切る女王様からSNSサイト〝アバQ〟に登録させられる。地味な自分の代わりに、自らの分身である〝アバター〟を着飾ることにハマっていく道子だが⁉

角川文庫ベストセラー

キリン　山田悠介

天才精子バンクで生まれた兄弟——兄は天才数学者への道を歩むが、弟の麒麟は「失敗作」として母と兄から見捨てられてしまう。孤島に幽閉されても家族の絆を信じる麒麟の前に、運命が残酷に立ちはだかる！

GOTH 夜の章・僕の章　乙一

連続殺人犯の日記帳を拾った森野夜は、未発見の死体を見物に行こうと「僕」を誘う……人間の残酷な面を覗きたがる者〈GOTH〉を描き本格ミステリ大賞に輝いた乙一の出世作。「夜」を巡る短篇3作を収録。

失はれる物語　乙一

事故で全身不随となり、触覚以外の感覚を失った私。ピアニストである妻は私の腕を鍵盤代わりに「演奏」を続ける。絶望の果てに私が下した選択とは？　珠玉6作品に加え「ボクの賢いパンツくん」を初収録。

グラスホッパー　伊坂幸太郎

妻の復讐を目論む元教師「鈴木」。自殺専門の殺し屋「鯨」。ナイフ使いの天才「蟬」。3人の思いが交錯するとき、物語は唸りをあげて動き出す。疾走感溢れる筆致で綴られた、分類不能の「殺し屋」小説！

マリアビートル　伊坂幸太郎

酒浸りの元殺し屋「木村」。狡猾な中学生「王子」。腕利きの二人組「蜜柑」「檸檬」。運の悪い殺し屋「七尾」。物騒な奴らを乗せた新幹線は疾走する！『グラスホッパー』に続く、殺し屋たちの狂想曲。

角川文庫ベストセラー

きまぐれ星のメモ　星　新一

日本にショート・ショートを定着させた星新一が、10年間に書き綴った100編余りのエッセイを収録。創作過程のこと、子供の頃の思い出——。簡潔な文章でひねりの効いた内容が語られる名エッセイ集。

きまぐれロボット　星　新一

お金持ちのエヌ氏は、博士が自慢するロボットを買い入れた。オールマイティだが、時々あばれたり逃げたりする。ひどいロボットを買わされたと怒ったエヌ氏は、博士に文句を言ったが……。

ちぐはぐな部品　星　新一

脳を残して全て人工の身体となったムント氏。ある日、外に出ると、そこは動くものが何ひとつない世界だった(「凍った時間」)。SFからミステリ、時代物まで、バラエティ豊かなショートショート集。

きまぐれ博物誌　星　新一

新鮮なアイディアを得るには？　プロットの技術を身に付けるコツとは——。「SFの短編の書き方」を始め、ショート・ショートの神様・星新一の発想法が垣間見える名エッセイ集が待望の復刊。

宇宙の声　星　新一

あこがれの宇宙基地に連れてこられたミノルとハルコ。〝電波幽霊〟の正体をつきとめるため、キダ隊員とロボットのプーボと訪れるのは不思議な惑星の数々。広い宇宙の大冒険。傑作SFジュブナイル作品！

角川文庫ベストセラー

地球から来た男　星新一

おれは産業スパイとして研究所にもぐりこんだものの、捕らえられる。相手は秘密を守るために独断で処罰するという。それはテレポーテーション装置を使った地球外への追放だった。傑作ショートショート集！

おかしな先祖　星新一

にぎやかな街のなかに突然、男と女が出現した。しかも裸で。ただ腰のあたりだけを葉っぱでおおっていた。アダムとイブと名のる二人は大マジメ。テレビ局が二人に目をつけ、学者がいろんな説をとなえて……。

ごたごた気流　星新一

青年の部屋には美女が、女子大生の部屋には死んだ父親が出現した。やがてみんながみんな、自分の夢をつれ歩きだし、世界は夢であふれかえった。その結果……皮肉でユーモラスな11の短編。

城のなかの人　星新一

世間と隔絶され、美と絢爛のうちに育った秀頼にとって、大坂城の中だけが現実だった。徳川との抗争が激化するにつれ、秀頼は城の外にある悪徳というものの存在に気づく。表題作他5篇の歴史・時代小説を収録。

声の網　星新一

ある時代、電話がなんでもしてくれた。完璧な説明、セールス、払込に、秘密の相談、音楽に治療。ある日マンションの一階に電話が、「お知らせする。まもなく、そちらの店に強盗が入る……」。傑作連作短篇！

角川文庫ベストセラー

きみが見つける物語
十代のための新名作　こわ～い話編
編／角川文庫編集部

放課後誰もいなくなった教室、夜中の肝試し。都市伝説や怪談――。読者と選んだ好評アンソロジーシリーズ。こわ～い話編には、赤川次郎、江戸川乱歩、乙一、雀野日名子、高橋克彦、山田悠介の短編を収録。

きみが見つける物語
十代のための新名作　不思議な話編
編／角川文庫編集部

いつもの通学路にも、寄り道先の本屋さんにも、見渡してみればきっと不思議が隠れてる。読者と選んだ好評アンソロジー。不思議な話編には、いしいしんじ、大崎梢、宗田理、筒井康隆、三崎亜記の傑作短編を収録。

きみが見つける物語
十代のための新名作　切ない話編
編／角川文庫編集部

たとえば誰かを好きになったとき。心が締めつけられるように痛むのはどうして？　読者と選んだ好評アンソロジー。切ない話編には、小川洋子、萩原浩、加納朋子、川島誠、志賀直哉、山本幸久の傑作短編を収録。

きみが見つける物語
十代のための新名作　オトナの話編
編／角川文庫編集部

大人になったきみの姿がきっとみつかる、がんばる大人の物語。読者と選んだ好評アンソロジーシリーズ。オトナの話編には、大崎善生、奥田英朗、原田宗典、森絵都、山本文緒の傑作短編を収録。

きみが見つける物語
十代のための新名作　運命の出会い編
編／角川文庫編集部

部活、恋愛、友達、宝物、出逢いと別れ……少年少女小説の名手たちが綴った短編青春小説6編を集めた、極上のアンソロジー。あさのあつこ、魚住直子、角田光代、笹生陽子、森絵都、椰月美智子の作品を収録。

角川文庫ベストセラー

きみが見つける物語　十代のための新名作　スクール編
編／角川文庫編集部

小説には、毎日を輝かせる鍵がある。読者と選んだ好評アンソロジーシリーズ。スクール編には、あさのあつこ、恩田陸、加納朋子、北村薫、豊島ミホ、はやみねかおる、村上春樹の短編を収録。

きみが見つける物語　十代のための新名作　放課後編
編／角川文庫編集部

学校から一歩足を踏み出せば、そこには日常のささやかな謎や冒険が待ち受けている――。読者と選んだ好評アンソロジーシリーズ。放課後編には、浅田次郎、石田衣良、橋本紡、星新一、宮部みゆきの短編を収録。

きみが見つける物語　十代のための新名作　休日編
編／角川文庫編集部

とびっきりの解放感で校門を飛び出す。この瞬間は嫌なこともすべて忘れて……読者と選んだ好評アンソロジーシリーズ。休日編には角田光代、恒川光太郎、万城目学、森絵都、米澤穂信の傑作短編を収録。

きみが見つける物語　十代のための新名作　友情編
編／角川文庫編集部

ちょっとしたきっかけで近づいたり、大嫌いになったり。友達、親友、ライバル――。読者と選んだ好評アンソロジー。友情編には、坂木司、佐藤多佳子、重松清、朱川湊人、よしもとばななの傑作短編を収録。

きみが見つける物語　十代のための新名作　恋愛編
編／角川文庫編集部

はじめて味わう胸の高鳴り、つないだ手。甘くて苦かった初恋――。読者と選んだ好評アンソロジーシリーズ。恋愛編には、有川浩、乙一、梨屋アリエ、東野圭吾、山田悠介の傑作短編を収録。